DESEO

KATY EVANS

Romance en el trabajo

WITHDRAWN

D1714419

Editado por Harlequin Ibérica.
Una división de HarperCollins Ibérica, S.A.
Núñez de Balboa, 56
28001 Madrid

© 2019 Katy Evans
© 2019 Harlequin Ibérica, una división de HarperCollins Ibérica, S.A.
Romance en el trabajo, n.º 2129 - 4.10.19
Título original: Boss
Publicada originalmente por Harlequin Enterprises, Ltd.

I.S.B.N.: 978-84-1328-628-0
Depósito legal: M-27198-2019
Impreso en España por: BLACK PRINT
Fecha impresion para Argentina: 1.4.20
Distribuidor exclusivo para España: LOGISTA
Distribuidor para México: Distibuidora Intermex, S.A. de C.V.
Distribuidores para Argentina: Interior, DGP, S.A. Alvarado 2118.
Cap. Fed./Buenos Aires y Gran Buenos Aires, VACCARO HNOS.

Capítulo Uno

Mi lema como mujer siempre había sido el mismo: hazte dueña de cada lugar en el que entres. Esa mañana, al entrar en las oficinas de Cupid's Arrow, con un café en una mano y una carpeta en la otra, golpeando con mis tacones rojos el piso de linóleo, supe que iba a atraer muchas miradas. Mi equipo levantó la vista de su escritorio con nerviosismo. Sabían que en días así llegaba con energía y que, si las cosas no salían como yo quería, rodarían cabezas.

—Todo el mundo a la mesa de conferencias, la reunión empezará dentro de dos minutos —avisé.

Ben, el jefe del departamento de tecnología, que solo asistía a las reuniones importantes del equipo de diseño, fue el primero en acercarse a mí. Me ofreció un café y sonrió con timidez y se ruborizó al darse cuenta de que ya tenía uno.

—No sabía si te habría dado tiempo de ir a por café, pero ya tienes dos.

Yo le sonreí mientras dejaba mis cosas en la mesa y aceptaba su taza.

—Con leche descremada.

—Tu favorito —me dijo él, volviendo a sonreír.

Yo le di un sorbo y le devolví el gesto.

—Bueno, nunca es demasiado café. Gracias.

–De nada.

Di un buen sorbo de mi taza desechable y sentí cómo la cafeína entraba en mi sistema, cosa que agradecí. Tenía por delante un día muy largo e iba a necesitar la energía. Necesitaba que todo saliese a la perfección.

Todo el mundo fue tomando asiento alrededor de la mesa, yo me coloqué al frente y encendí la pantalla que había en la pared. El grupo me miró con los ojos muy abiertos.

«Mirad y aprended», pensé. «Así es como trabajan los profesionales».

–Bueno, ahora que ya estamos todos, vamos a empezar –les dije–. Como sabéis, hemos estado centrados en modernizar la marca. ¿Me puede decir alguien qué es lo que busco con el nuevo diseño?

Nadie respondió.

Yo suspiré.

En ocasiones me sentía como la niñera.

–Responde tú, Ellie, en vista de que no lo hace nadie –le dije a mi mejor amiga del instituto.

Ellie Mason me había seguido a Cupid's Arrow cuando yo había conseguido el trabajo de mis sueños y se habían quedado libres varios puestos en mi equipo. Siempre era bueno tener a tu mejor amiga, además de a una diseñadora de talento, cerca.

–La combinación de colores de la aplicación es fundamental para atraer la atención de nuestro público –empezó Ellie–. Cupid's Arrow es, sobre todo, una aplicación de citas para gente joven. Los colores oscuros podrían disuadirlos, así que lo que necesitamos es una explosión de color que capte su atención.

–Sí, Ellie. Menos mal que hay alguien que me escucha –comenté yo, haciendo reír al resto del equipo–. Bien, con eso en mente, mostradme qué es lo que se os ha ocurrido.

Todo el equipo se puso a buscar en sus maletines las carpetas que debían haber estado encima de la mesa desde hacía cinco minutos.

–No me lo puedo creer –dijo con incredulidad.

Tim, que es el más joven del grupo, sacó por fin un diseño con una paleta de colores primarios. Yo me mordí el interior de la boca mientras la examinaba.

–Tim, está bien, pero los colores primarios solo atraen a los niños. Es una aplicación para ligar y no queremos que los niños de siete años se conecten, ¿no?

Tim se echó a reír avergonzado y yo le sonreí e intenté ocultar mi exasperación. Miré al resto del equipo con la esperanza de ver algo mejor. Alastair quería que el color se decidiese ese mismo día y yo, sinceramente, también. Eché un vistazo rápido a todas las propuestas.

Por desgracia, no había muchas que mereciesen la pena, pero la de Ellie no estaba mal. Me sonrió y me pasó su carpeta, rogándome con la mirada que utilizase su propuesta. Yo no le devolví la sonrisa porque no me gustaba mostrar mis preferencias, y menos, en la oficina.

Después de que todo el mundo hubiese presentado sus ideas, saqué la mía propia.

–Tiene que parecerse más a esto –les dije, proyectando en la pantalla de la pared mi paleta, en tonos rojos y grises–. Tiene que ser neutra desde el punto de vista del sexo. Llamativa. Apasionada. Audaz. Atemporal. Que atraiga a todo el mundo.

El equipo miró la pantalla con interés. Yo hice un esfuerzo por no repetirles que eso era lo que tenían que haber hecho ellos. Ellie se dio cuenta de mi frustración e hizo una mueca.

Yo la fulminé con la mirada.

Toda la mañana perdida con algo tan sencillo.

Estupendo.

–Tomaremos mi diseño y el de Ellie como punto de partida. Al final del día quiero tres propuestas de cada uno de vosotros para poder escoger una. ¿Entendido?

Todo el mundo asintió con entusiasmo, como si mi presentación les hubiese dado nuevas energías. Mientras se levantaban de la mesa, yo le hice una mueca a Ellie, que me señaló el café.

–Alimenta al monstruo –me dijo sonriendo.

Torcí el gesto una vez más y me terminé la segunda taza del día. Eran las diez de la mañana y ya estaba destrozada. Al menos sabía que era probable que el equipo escogiese mi diseño. Aunque pareciese engreída, sabía que mis ideas siempre eran las mejores. Ese era el motivo por el que Cupid's Arrow me había fichado con tan solo veinte años y por el que me había convertido en jefa del departamento cuatro años más tarde. Cuatro años de entusiasmo, dedicación y trabajo duro. Todo el equipo de diseño dependía de mí y me merecía el reconocimiento.

Ben pasó por delante mientras organizaba mis cosas.

–Gracias por venir, Ben. No hace falta que tomemos una decisión todavía, pero te avisaré en cuanto tengamos un diseño ganador para que puedas ponerte a trabajar en él.

–Por supuesto –me respondió–. ¿Qué vas a hacer esta noche después del trabajo?

No quise decirle que volvería a casa y me comería unos restos de comida china recalentados. Me daba vergüenza admitir que la cocina no era lo mío.

–Supongo que hoy me quedaré tranquila en casa –le respondí, como si soliese salir de fiesta en vez de ponerme el pijama y ver una película.

–Olvídate de eso. Deberíamos…

Las puertas se abrieron y apareció Alastair Walker, el director general de Cupid's Arrow, la única persona ante la cual respondía yo.

–¿Cómo va la mañana, querida Alexandra? –me preguntó con su acento británico, a pesar de que llevaba una década viviendo en Chicago.

Se ajustó el traje mientras entraba en la habitación. Para su edad era un hombre muy guapo y ni siquiera las canas ni las arrugas le quitaban protagonismo a su piel bronceada y su cuerpo atlético.

Ben retrocedió nada más verlo.

–Ahí va –respondí yo sonriendo.

Cuando Alastair entró, todo el mundo se puso recto y yo me alegré de que mi equipo supiese comportarse cuando estaba el jefe delante. No obstante, mi sonrisa perdió fuerza al ver al hombre moreno que lo acompañaba.

Un hombre joven y muy guapo, vestido con traje negro, corbata roja y zapatos de diseño, el pelo alborotado y barba de tres días.

Nos miramos a los ojos y a mí se me secó la boca. De repente, me sentí aturdida.

Me fijé en su pelo rizado y moreno, en los ojos marrones claros, en la mandíbula cuadrada.

Y en aquel cuerpo… Era alto y con los hombros anchos.

No supe qué hacía con Alastair, solo supe que era el hombre más guapo que había visto en toda mi vida.

–Quiero presentaros a todos a mi hijo pequeño, la oveja negra de la familia –anunció Alastair, dándole una palmada en el hombro a su acompañante.

Este sonrió divertido y le brillaron los ojos con determinación al oír el comentario de la oveja negra.

–Kit Walker –añadió, presentándose a sí mismo, mirándome a mí.

–Y esta es el arma secreta de Cupid's Arrow, Alexandra Croft.

El recién llegado me miró fijamente a los ojos y yo sentí que se me cortaba la respiración.

Kit alargó la mano.

–Vaya mezcla, una oveja negra y un arma secreta –comentó en tono de broma.

–Es fácil subestimar a ambas –añadí yo con voz tranquila, sonriendo y tendiéndole la mano.

Su mirada era de curiosidad y diversión, y también de algo más, respeto.

–Encantada de conocerte, Kit –le dije.

–El placer es mío –me respondió él también con acento británico.

Me di cuenta de que llevábamos demasiado tiempo mirándonos y aparté la mano, consciente de que todo mi equipo nos observaba. Yo había oído hablar del hijo pequeño de Alastair, nada bueno. En aquel momento entendí que tuviese fama de mujeriego.

–¿Por qué no os vais presentando todos mientras yo hablo con la señorita Croft? –sugirió Alastair al equipo–. Ben, a ti te veré luego.

–Sí, señor –respondió este.

Ben y Kit se saludaron con una inclinación de cabeza y después mi amigo me apretó el brazo a modo de despedida antes de salir de la habitación.

Kit lo vio desaparecer con el ceño fruncido y después volvió a mirarme a mí de manera inquisitiva e intensa. Yo seguí a Alastair a su despacho.

«No mires atrás, Alexandra. Nunca has permitido que ningún hombre te distraiga y no vas a empezar a hacerlo ahora».

Pero no pudo evitar sentir el calor de la mano de Kit en la mía.

Capítulo Dos

Alastair abrió la puerta de su despacho y me hizo un gesto para que pasase delante de él.

–Siéntate.

Yo me estiré la chaqueta del traje mientras entraba. De repente, estaba nerviosa, cosa que no me ocurría con frecuencia. Solía sentirme segura de mí misma y relajada, pero aquella misteriosa reunión me había tomado desprevenida. Pensé que mi puesto de trabajo podía estar en peligro.

«No seas tonta, Alexandra, este lugar se hundiría sin ti».

Alastair se echó a reír al ver la expresión de mi rostro y se sentó detrás del escritorio.

–No tienes de qué preocuparte, Alexandra. Ya sabes lo mucho que te valoro. Por favor, siéntate.

Aliviada, intenté recuperar la compostura y esbocé una sonrisa mientras tomaba asiento.

–Me resulta difícil decir esto. Llevamos trabajando juntos un tiempo y eres una de mis mejores empleadas. Por eso quiero que lo sepas antes que nadie. Me marcho, Alex.

–¿Qué quieres decir? –pregunté yo, poniéndome más recta, alarmada.

Alastair rio de nuevo.

–Pensé que te alegraría la noticia.

–¡Por supuesto que no! –grité.

¿Adónde se iba a machar mi jefe?

–Era una broma, Alex –me dijo él, mirándome con cariño y dando un sorbo a la taza de té que le había llevado su asistente, John–. No sé de qué te sorprendes. Todos tenemos que retirarnos en algún momento. Incluso los adictos al trabajo como tú.

–Bueno, sí, pero todavía eres…

–¿Joven? –terminó Alastair en mi lugar, riendo de nuevo y sacudiendo la cabeza–. Una de las cosas que más me gustan de ti es que eres muy graciosa sin pretender serlo. ¿Quieres decir que no lo veías venir?

–En absoluto.

–Bueno, pues ahora ya lo sabes. De hecho, eres la primera en saberlo. Anunciaré mi retirada oficialmente al final de la semana.

Aquello me puso nerviosa y tuve que controlarme para no morderme las uñas. Un cambio de dirección era algo muy importante. Alastair siempre había sido un jefe fácil y amable, que me dejaba llevar a mi equipo a mi manera.

–¿Y qué significa eso para nosotros? –le pregunté–. ¿Y por qué me lo cuentas a mí?

–Todo a su debido tiempo. Lo cierto es que quería pedirte un favor.

–Lo que quieras –le respondí con toda sinceridad.

Yo era la que era gracias a Alastair. Él me había dado la oportunidad de desarrollarme profesionalmente y jamás habría llegado tan lejos sin su apoyo.

–Te lo cuento a ti porque eres responsable. Sé que

sacas mucho trabajo adelante, probablemente más que yo. No me avergüenza admitir que soy un poco vago. Y un poco mujeriego también. Empecé este negocio para meter las citas en la era de la información, pero jamás pensé que tendría tanto éxito. Y eso, en parte, ha sido gracias a ti, Alex.

Yo hice una mueca.

–Has sido un jefe estupendo –le respondí–. Has pasado por dos matrimonios, dos divorcios, dos hijos y… tienes carisma. Todo el mundo sabe que tu presencia es necesaria en las alfombras rojas de esta ciudad.

Alastair rio más fuerte de lo necesario y se dio una palmada en el pecho.

–Cierto, cierto. Tengo que admitir que he crecido, he madurado, con este negocio. Y siempre te he considerado mi protegida, la persona que continuaría con la empresa con los años, pero tengo herederos.

Ella supo que se refería a sus hijos. El mayor tenía una importante empresa de medios de comunicación y el pequeño era al que le gustaba más la fiesta, había pasado los tres últimos años en Tailandia o algo así.

–William ya tiene su imperio –empezó Alastair, como si me hubiese leído la mente–. Y Kit… ha estado un tiempo en Tailandia, pero es el momento de que aprenda lo que es el trabajo duro o, al menos, el trabajo.

Se echó hacia atrás en su sillón.

–Kit no tiene ninguna experiencia, pero, sinceramente, no pienso que eso sea un problema. Cuando tú llegaste tampoco la tenías y mira lo lejos que has llegado…

Frunció el ceño antes de continuar.

–Kit… todavía no está hecho para trabajar en una empresa. Es igual que su padre a esa edad, vago e inmaduro. Me temo que lo lleva en la sangre. Y su madre no ha aportado mucho más.

Todo el mundo sabía que Alastair se había casado con su segunda esposa, una bailarina a la que había conocido en Londres, solo porque se había quedado embarazada de Kit.

–Pero lo cierto es que Kit todavía es joven y pienso que, con algo de ayuda, podría ser bueno en esto. En cualquier caso, le gusta la idea de asumir mi papel.

Aquello me pareció normal, ¿cómo no iba a gustarle la idea de heredar una empresa que facturaba miles de millones de dólares al año?

–Es inteligente, Alex –continuó mi jefe–. Y sereno. Podría hacerlo bien. Tiene potencial, no me gustaría que lo desperdiciase.

Yo me mordí el labio, me sentía incómoda. La idea de ocuparme de Kit no me gustaba, pero no podía decírselo a Alastair.

–¿Y qué puedo hacer yo para que te sientas más cómodo con esta… transición? –le pregunté.

Alastair se echó a reír.

–Siempre tan directa. La verdad es que a Kit le vendría bien un maestro, pero jamás lo aceptaría. No le gusta que le digan lo que tiene que hacer. Yo voy a estar un tiempo por aquí, echándole un ojo, pero me gustaría que tú lo guiases.

Guiarlo.

Guiar a un tipo guapo y seductor que iba a ser mi jefe. Se me encogió el estómago solo de pensarlo.

–Te has quedado muy callada, Alex, y eso no es normal en ti –comentó él, arqueando las cejas–. Me acababas de decir que harías cualquier cosa por mí.

Yo suspiré y esbocé una sonrisa.

–Supongo que me acabo de pegar un tiro en el pie.

–Sí.

Tragué saliva. Sabía que no tenía elección, pero conocía a los chicos como Kit. Seguro que le habían ido bien los estudios con poco esfuerzo y que se sentía dispuesto a dirigir el mundo entero, pero sin trabajar porque no estaba acostumbrado a hacerlo.

Yo era todo lo contrario. Siempre había preferido estudiar a salir de fiesta. Mis padres habían sido adictos al trabajo, perfeccionistas, con poco tiempo para mí. Y yo también llevaba aquello en la sangre.

El trabajo siempre había sido la religión de mis padres. Hasta tal punto que solo hablábamos por teléfono en Navidad y cuando había algún cumpleaños, y nuestro tema de conversación era el trabajo. Yo solo tenía a mi hermana Helena, que estaba en la mejor universidad, en Stanford, gracias a mí.

Mis padres siempre habían pensado que uno no nacía, sino se hacía, trabajador. Y económicamente nos habían ayudado muy poco a Helena y a mí desde que habíamos terminado el instituto. No obstante, yo había querido ayudar a Helena, que era muy inteligente y se merecía recibir la mejor educación.

Por eso era tan importante mi trabajo. Porque no solo se trataba de cumplir mis sueños, sino también de darle a mi hermana la oportunidad de cumplir los suyos.

Kit jamás sabría lo que significaba sacrificarse por otra persona y la idea de ser su niñera no me gustaba nada.

Yo no tenía tiempo para chicos vagos.

Salvo que mi puesto de trabajo dependiese de ello, por supuesto.

–Bueno, ¿qué quieres que haga? –le pregunté a Alastair.

–Solo que lo guíes. En cuanto confíe en ti, verá lo duro que trabajas y querrá seguir tus pasos. Quiero que lo vigiles, que le enseñes y que… me informes de cómo va.

–¿De qué quieres que te informe exactamente?

–De cómo lo está haciendo. Quiero asegurarme de que merece su herencia. Y, si te soy sincero, tengo la esperanza de que seas una inspiración para él.

Yo sentí que aquella era demasiada responsabilidad.

–¿Y si las cosas no salen como tú esperas? –le pregunté.

–En ese caso, tendrás que ayudarlo a cambiar eso. Por el bien de la empresa –me dijo él–. Voy a llamarlo.

–Alastair, espera…

No me apetecía volver a ver a Kit Walter en aquel estado de confusión.

Alastair ya estaba en la puerta.

–John, llama a mi hijo, por favor.

Yo me puse en pie y, poco después, llamaban a la puerta. Kit ni siquiera esperó a que su padre le hiciese entrar. Abrió la puerta y… seguía siendo el hombre más guapo que yo había visto jamás.

–Entra, Kit. Alex y yo estábamos hablando de ti y de Tailandia.

Kit se apoyó en la puerta y me miró.

–Cómo no.

¿Qué significaba aquello?

–¿Has salido alguna vez de Chicago, Alex? –me preguntó mientras entraba en el despacho y se dirigía al escritorio de su padre.

–Me llaman Alexandra, o señorita Croft –le corregí.

Alastair se echó a reír y Kit arqueó las cejas.

–Ah, bien, señorita Croft –murmuró–. ¿Alguna instrucción más antes de que me siente detrás de este escritorio?

Me pregunté si se estaba burlando de mí. Tal vez había oído nuestra conversación o, sencillamente, era más inteligente de lo que parecía y ya sabía lo que tramaba su padre.

«Sí, que ese sitio es para alguien que valore el trabajo y no pierda el tiempo», pensé, pero no se lo dije.

–Solo que su padre siempre ha confiado en mí porque sabe que voy a hacer lo que es mejor para mi equipo, y que espero que usted haga lo mismo, señor Walker.

–Me llaman Kit –respondió él sonriendo–. Y haré lo posible por darte tanta libertad como te ha dado mi padre, señorita Croft.

Yo supe que estaba jugando conmigo. Y empecé a sospechar que era algo más que una cara guapa. Tal y como su padre había dicho, tenía inteligencia, orgullo y, evidentemente, un sexto sentido.

Me dije que aquel iba a ser un día muy largo. Un mes muy lago. O, todavía peor, un año muy largo, si aquel cretino se quedaba en la empresa. Sonreí de manera tensa y asentí.

–Estupendo. Ahora, ¿puedo marcharme? Debería volver al trabajo –comenté en tono de broma.

Alastair asintió y yo salí del despacho con la espalda muy recta, como si no supiese que Kit Walker me estaba mirando.

–Es guapísimo… –comentó Angela, uno de los miembros más bulliciosos de mi equipo, en cuanto me vio.

–Vuelve al trabajo –le repliqué.

Y todo el mundo me miró.

Yo fui a mi despacho y allí suspiré, preguntándome por qué aquel tipo mujeriego y sexy me estaba haciendo sentir cosas que no había sentido nunca antes.

Capítulo Tres

Había pasado una semana desde que Alastair me había dicho que iba a retirarse y en esos momentos yo estaba sentada frente al tocador, preparándome para su fiesta de despedida. Había reservado una sala en un hotel muy elegante de la avenida Michigan, en el que se reunirían sus más de trescientos empleados para celebrar su paso por Cupid's Arrow.

–Todavía no me puedo creer que el hijo de Alastair sea tan guapo –comentó Ellie–. Ni que este te haya pedido que lo ayudes a tomar las riendas.

Yo me empecé a peinar e hice una mueca.

–Tiene una buena genética. Alastair también es muy guapo. Tiene dos hijos de dos matrimonios diferentes y una larga lista de amantes que demuestra que los Walker gustan mucho a las mujeres.

Me recogí el pelo en un moño y terminé de maquillarme. Era diseñadora, pero nunca se me había dado bien domar mi pelo. Intenté resaltar mis ojos verdes y matizar mi piel clara.

¿Por qué estaba tan nerviosa?

¿Era porque Alastair se marchaba o porque Kit iba a asumir su puesto?

–Todo esto me da miedo, Ellie. Quiero decir que… ¿Cómo sabe Alasatair que voy a poder cambiar a un mujeriego y convertirlo en un jefe ejemplar? Es ridículo.

–¿Te fijaste en cómo conectasteis nada más conoceros? –le preguntó Ellie, que siempre se fijaba en todo.

Yo sentí un escalofrío e intenté no pensar en aquello. Examiné mi rostro en el espejo, quería estar perfecta.

El vestido negro me sentaba como un guante gracias a las horas que pasaba en el gimnasio, pero al mismo tiempo mi aspecto era profesional, que era lo que necesitaba aquella noche.

Me puse perfume en el cuello y en las muñecas.

–No –respondió por fin–. Yo creo que te lo estás imaginando y que la culpa la tiene esa dieta baja en carbohidratos que estás haciendo. ¿Estás lista?

Atravesé la habitación y me puse mis zapatos de tacón rojos favoritos mientras Ellie ocupaba mi lugar en el tocador.

–Estoy lista, pero ¿de verdad que no quieres hablar de ello, Alex? Somos amigas desde hace siglos, crecimos juntas, te conozco.

–Está bien. Hace dos años que no salgo con nadie, así que supongo que me impactó ver a un tipo tan guapo.

Ellie se echó a reír.

–Todo el mundo necesita sexo, hasta una adicta al trabajo como tú.

–Pero no con él. ¡No sabes cómo se comportó en el despacho de Alastair! No obstante, supongo que, si algún hombre decente me pidiese salir, le diría que sí.

Había pasado casi toda la semana sin dormir, pensando en mi vida amorosa, que era inexistente. Y en lo mucho que me gustaría que eso cambiase.

–¿Como quién? –me preguntó Ellie.

Yo me encogí de hombros.

–No lo sé.

Ella se hizo un moño y se miró al espejo.

–Yo sí que sé quién: el hijo de Alastair. Estoy segura de que saldrías con él.

–No. Alastair me contó en una ocasión que su hijo mayor, William, es como su primera esposa, muy responsable, y que se divorció de él porque era un inmaduro. Si Kit se parece a su padre de joven, o a su madre, que era bailarina de striptease, no lo tocaría ni con un palo. No me gusta ese tipo de hombres.

Ellie frunció el ceño, decepcionada.

Yo me eché a reír.

–No me gustan los cretinos, Ellie. Sé lo que estás pensando, pero no es que sea quisquillosa, sino que tengo criterio.

Salimos al coche juntas, haciéndonos cumplidos la una a la otra.

–Yo también tengo criterio, ¿sabes?, pero de vez en cuando salgo con alguien –continuó una vez en el coche–. No pasa nada porque admitas que, como mujer, tienes tus necesidades.

Yo gemí antes de arrancar el motor.

–Ya basta. Esta noche necesito comportarme de manera profesional –le dije, reconociendo para mí que estaba más nerviosa de lo normal.

Hacía tiempo que no iba a una fiesta, mucho menos una tan importante como aquella. Kit estaría allí toda la noche y yo tenía que causarle una buena impresión.

–¿Nos vamos o no? –me preguntó Ellie.

Y yo me di cuenta de que seguíamos paradas. Sacudí la cabeza y puse el coche en movimiento.

–No me puedo creer que estés así por un hombre –insistió Ellie riendo.

–Esto no tiene nada que ver con ningún hombre. Si casi ni hemos hablado. Esta noche es una noche importante.

–Nunca te había visto tan inquieta. ¿Quieres hablar de ello?

–No –repliqué, y luego me eché a reír–. Es que lo de tener que vigilar a alguien… Y cuando Alastair dé su discurso esta noche, ya no habrá marcha atrás, Kit Walker será nuestro nuevo jefe.

Ellie suspiró.

–Otro motivo para despertar con una sonrisa en los labios todas las mañanas.

–¡Ellie! –exclamé yo, deseando ser tan abierta como ella con los hombres.

Aparqué delante del hotel, tomé mi bolso y pasé un minuto mirándome en el espejo retrovisor. Ellie hizo lo mismo.

–Hablando de hombres, mira quién está ahí. Yo diría que le gustas.

Yo miré por la ventanilla y vi a Ben, que se acercaba a nosotras.

–Hola, Alex. Estás muy guapa –me dijo, abriéndome la puerta.

–Gracias, Ben.

–Es la verdad.

–Ya…

–Ben, ya sabe que está guapa –intervino Ellie.

Él frunció el ceño y luego me sonrió con tristeza. Ben era guapo, pero no me atraía. Para mí era solo un amigo y quería que siguiese siendo así.

–Bueno, vamos –dijo.

Y me ofreció el brazo, que yo acepté.

La fiesta ya había empezado a pesar de que era temprano.

Alastair siempre había sabido organizar una buena fiesta. La música y la decoración eran las adecuadas, todo era joven y sencillo, pero elegante.

–Alastair sabe cómo crear ambiente. Echaré de menos sus fiestas –comentó Ben, mirando a su alrededor mientras Ellie se acercaba a saludar a Angela.

Un camarero pasó con una bandeja llena de copas de champán y Ben le dio las gracias y tomó una. Yo negué con la cabeza a pesar de saber que me vendría bien para calmar un poco los nervios.

Siempre me había dicho que nadie necesitaba beber para sentirse seguro de sí mismo.

–¿Dónde está Kit? ¿Lo ves? –le pregunté a Ben.

Él arrugó la nariz.

–¿A quién le importa? Seguro que lo ves luego. Ahora deberíamos divertirnos.

–No hemos venido a divertirnos.

–Todo el mundo lo está pasando bien –comentó Ben, señalando a Tim, que llevaba del brazo a una chica del departamento de contabilidad.

Yo suspiré.

–Yo no puedo dejarme llevar. Esta noche, no.

–Como quieras –me dijo Ben, terminándose su copa de champán–. ¿Vienes conmigo?

Señaló hacia la barra y yo negué con la cabeza.

—Esperaré un poco aquí.

Ben se encogió de hombros y se alejó solo, tomando otra copa de champán por el camino. Yo me maldije por ser tan poco divertida, pero aquella noche para mí no era una fiesta.

Vi a Ellie charlando con las otras chicas y le sonreí. Fui al baño y, al salir, varias voces con acento británico captaron mi atención.

—… espero que, por una vez, seas tan responsable como tu hermano. Le he pedido a Alexandra que te ayude y que me informe de cómo va la cosa.

—No necesito que tu niña mimada me cuide. Sé lo que es llevar un negocio.

—¿Y lo aprendiste cuando dejaste la universidad para viajar por el mundo?

—Lo sé porque tengo instinto. Créeme, papá, en la calle se aprenden cosas que jamás aprenderías en clase.

—Quiero que sepas que solo te voy a dar una oportunidad, Kit. Tu hermano ya…

—Ya sé que mi hermano se ha hecho a sí mismo. Yo no te he pedido que me des tu empresa. Eres tú el que me quiere ahí.

—Es cierto. Demuéstrame que no estoy equivocado.

—No estás equivocado, pero te agradecería que me dejases que te lo demuestre solo.

Oí que las voces se acercaban y corrí hacia el salón.

Me había molestado oír que era la niña mimada de Alastair. No era cierto. Sí que me gustaba complacer a mi jefe, pero porque necesitaba el trabajo. Me molestó todo lo que Kit había dicho, y también que fuese tan joven y guapo. De hecho, ningún otro hombre me había atraído como él en mucho tiempo.

Me sentí como una estúpida.

Sacudí la cabeza y busqué a Ellie con la mirada. De repente, oí aplausos. Alastair debía de estar a punto de dar su discurso. Intenté olvidarme de lo que acababa de oír, entré en el salón y me dirigí con la cabeza muy alta hacia la parte frontal. Aquel discurso era muy importante para mí. Me daba mucha pena despedir a Alastair.

Al llegar al escenario, Alastair ya estaba delante del micrófono, tan cómodo y tranquilo como siempre, como si la conversación que acababa de tener con su hijo no fuese nada fuera de lo normal.

–Buenas noches a todo el mundo. Bienvenidos a mi fiesta de jubilación. Sé que a todos os encanta la idea de verme marchar, y veo que algunos ya lo estáis celebrando tanto que mañana no os acordaréis de nada.

Hubo risas y gritos desde el fondo del salón. Sospeché que se trataba de Tim y Ben, que ya debían de estar medio borrachos, pero recé por el bien de nuestro departamento que en realidad no fuesen ellos.

–Antes de que yo mismo me emborrache… –continuó Alastair–, me gustaría dar las gracias a algunas personas.

Busqué a Kit con la mirada, pero no lo encontré.

–Gracias a mi amigo y director financiero, Eric Gough –estaba diciendo Alastair–. A Ben, por ocuparse de toda la parte técnica de la empresa. ¡No sé qué haríamos sin ti, Beeny! Y, en especial, gracias a mi equipo de diseño. Una aplicación como la de Cupid's Arrow necesita talento y mi empleada más fiel me ayudó a darle vida a la idea.

Alastair me buscó con la mirada y me sonrió.

–Gracias infinitamente, Alexandra Croft, por trabajar tan duro para hacer mi sueño realidad.

Yo me ruboricé y todo el mundo aplaudió. Yo siempre había sabido que Alastair me tenía en alta estima, pero me gustó oírselo decir en voz alta. Él me guiñó un ojo y dejó el micrófono. Después volvió a tomarlo. Pensé que iba a presentar a su hijo y me puse nerviosa otra vez.

–A pesar de que me voy a jubilar, tengo previsto seguir pasándome por la oficina para ver cómo va mi empresa. Habrá un director nuevo, por supuesto, y es para mí un honor presentaros a mi sucesor esta noche. Espero que me haga sentir orgulloso en esta nueva era de Cupid's Arrow.

«Ya está», pensé.

–Por favor, recibid calurosamente a quien es motivo de orgullo y alegría para mí, mi hijo, ¡Kit Walker!

Se oyó un fuerte aplauso a mi alrededor, pero yo tenía todos los sentidos puestos en el hombre que estaba subiendo al escenario.

Capítulo Cuatro

No me lo pude creer, pero se me endurecieron los pezones al ver a Kit subiendo la escalera y acercándose al micrófono. ¿Era posible que fuese todavía más guapo de lo que yo lo recordaba? Llevaba el pelo hacia arriba y la corbata ligeramente aflojada, con el primer botón de la camisa desabrochado.

Empezó a hablar con su encantador acento británico y yo intenté no desmayarme.

Si había aprendido algo a lo largo de los años como diseñadora era que un buen diseño era como un buen hombre. Difíciles de encontrar.

Era casi imposible encontrar un diseño lo suficientemente bueno como para complementar a un buen producto, y todavía más difícil encontrar a un producto lo suficientemente bueno como para igualar a un buen diseño. Y lo mismo ocurría con los hombres: la personalidad y la belleza no solían ir de la mano. Y yo estaba segura de que Kit Walker no era una excepción.

Era una pena que el contenido no fuese como el paquete.

–Cuando le dije a mi padre que estaba preparado para ponerme a trabajar –estaba diciendo Kit–, él me preguntó: ¿trabajar en qué?

Se oyeron risas.

–Porque para mi padre Cupid's Arrow es más amor que trabajo. Esta empresa siempre ha sido su familia. Y eso siempre me ha puesto muy celoso.

Habló con naturalidad, bromeó con la audiencia y se comportó como si acabasen de darle un premio por ser el chico más listo del colegio o algo así. Era evidente que estaba muy seguro de sí mismo y eso me molestó. También me molestó que todo el mundo lo aclamase. Aquel tipo no había hecho nada para ganarse su puesto. No había trabajado ni un día en Cupid's Arrow y ya lo adoraba todo el mundo.

O fingía hacerlo.

–¿Te has quedado impresionado con el equipo que tienes, Kit? –le gritó un hombre.

–Bueno, lo cierto es que estoy deseando trabajar con muchas personas –respondió Kit, mirando a Erin, de contabilidad, que había estado moviendo los brazos como si fuese a morirse si no conseguía llamar su atención.

Erin se ruborizó y él le dedicó una sonrisa. Yo sentí vergüenza ajena. Aunque después me sonrojé al pensar que, tal vez, el primer día que lo había visto, mi gesto había sido el mismo que el de Erin.

–Debo admitir que heredar Cupid's Arrow representa muchas cosas nuevas para mí. Y, bueno, tengo una cicatriz de la primera vez que monté en bicicleta. Tal vez cometa errores…

Hizo una pausa y entonces me miró como si, en todo momento, hubiese sabido dónde estaba yo.

Entonces continuó en voz un poco más baja.

–De hecho, estoy seguro de que voy a cometer errores, pero podéis estar seguros de que pretendo hacerlo bien. Llevaré a Cupid's Arrow a una nueva era con un servicio mejor, un diseño más llamativo, un eslogan mejor… Y haré que todo el mundo busque citas en Internet e incluso que aquellos que no lo hacen utilicen nuestra aplicación.

Todo el mundo aplaudió.

Yo no podía creer que mi nuevo jefe hubiese conseguido aquello. No había trabajado en su vida e iba a ponerse al frente de una de las mayores empresas de Chicago. Para mí, que llevaba trabajando desde los dieciséis años, fue una píldora difícil de tragar.

Y no podía dejar de recordar cómo me había mirado al hablar de que iba a cometer errores, y me pregunté por qué Alastair había tenido que contarle que yo iba a ser su espía.

Noté una mano en mi hombro y me giré. Era Ben, que tenía ya la mirada caída y una sonrisa en los labios.

–Parece que está deseando trabajar contigo –murmuró.

Apestaba a alcohol y yo aparté el rostro.

–Necesito tomar un poco el aire –le dije, dándome la vuelta.

–¿Te vas tan pronto, señorita Croft?

Me giré y vi a Kit, que se estaba apartando el pelo de la cara. Su mirada era desafiante.

Yo sentí que me ponía a la defensiva. Lo fulminé con la mirada mientras me sonreía y arqueaba una ceja.

–La fiesta no ha hecho más que empezar –añadió mientras todo el mundo nos miraba–. Quédate un rato.

Miró a Ben y después a mí otra vez. Yo tomé aire.

Kit me miró como si le perteneciese y yo le mantuve la mirada, no iba a conseguir que perdiese los nervios.

Él sonrió todavía más.

Sacó el micrófono de donde estaba como si tuviese el gesto practicado y fue hacia la izquierda del escenario para ponerse justo enfrente de mí.

–Es la mujer del momento, Alexandra Croft. He oído hablar mucho de ti.

Lo dijo como un cumplido y yo me sentí alagada y expuesta. Porque me ruboricé y todo mi equipo se dio cuenta. Tragué saliva y no supe si darme la media vuelta y marcharme o mirarlo a los ojos y preguntarle qué se creía que estaba haciendo. Me pregunté qué más le habría contado Alastair a Kit acerca de mí.

Kit se sentó sobre el escenario, con las piernas colgando, y sonrió.

–Espero que disfrutes de la fiesta, Alex –añadió con los ojos brillantes–. Y estoy deseando trabajar contigo. Tres hurras por la señorita Croft, por favor.

Volvieron a aplaudir, pero hubo un cambio en el ambiente. Todo el mundo era consciente de la tensión que había entre Kit y yo. Él me volvió a sonreír y después se puso en pie y ocupó el centro del escenario.

–Yo creo que ya he hablado bastante por hoy, chicos. Vamos a emborracharnos.

Tuve la sensación de que todo el mundo lo aclamaba menos yo. A todo el mundo le caía bien menos a mí. Todos debían de estar ciegos menos yo. Sus ojos ambarinos y su sonrisa sexy no me engañaban. De repente, sentí la necesidad de salir de allí, de respirar aire fresco.

Fui al baño y me lavé la cara con agua sin importarme el maquillaje.

Había pasado de soñar toda la semana con sus besos a desear bajarlo de un puñetazo de su caballo. Era bueno. Había conseguido meterse a todo el mundo en el bolsillo. Las mujeres reían sus chistes porque a todas les gustaban los chicos malos. A todas, menos a mí.

Me retoqué el maquillaje y volvió al salón con la esperanza de encontrar a Ellie pronto y volver a casa. En su lugar vi a Ben, a Alastair y a Tim en la barra. Me acerqué.

—Alastair, ¿podemos hablar?

Este asintió y me llevó hacia una mesa cercana que estaba vacía.

—¿No lo estás pasando bien?

—¿Sinceramente? No. Todo esto… me preocupa. ¿Sabe tu hijo que voy a tener que informarte de sus progresos?

Yo ya sabía la respuesta, pero no podía admitir que había oído aquella conversación.

Alastair me puso una mano en el hombro y me miró a los ojos.

—Por supuesto, Alex. Es mi hijo, tiene que saber que voy a estar observando todos sus movimientos. ¿Por qué? No me vas a dejar tirado ahora, ¿verdad? —me dice en tono de broma, sonriendo.

—No, pero me siento incómoda con la situación.

El gesto de Alastair se dulcificó.

—Por supuesto, Alex, pero recuerda que estáis en el mismo equipo. ¿Por qué piensas que te he pedido ayuda? Porque tú puedes ayudarlo.

Sacudí la cabeza enfadada.

–No, no puedo ayudarlo ni él quiere mi ayuda.

–Ah, te da miedo el reto –comentó Alastair–. Pensé que eras más fuerte, Alex.

–Alastair, no sé si voy a conseguirlo. No sé si voy a ser capaz de trabajar con alguien que no se toma el trabajo tan en serio como yo y no sé…

«Si voy a poder llevarme bien con tu hijo, teniendo en cuenta que me mira con hostilidad».

Él suspiró y sacó una tarjeta de las muchas que llevaba en el bolsillo.

–Si necesitas darte un respiro, sube a una suite y piénsalo bien. Allí podrás estar tú sola. Estoy seguro de que dentro de un rato habrás cambiado de opinión.

–No. Por favor, pídele el favor a otra persona, Alastair –le supliqué.

–Tu testarudez será tu perdición, Alex –me dijo él suspirando de nuevo.

Por primera vez vi cansancio en su expresión.

–¿Piensas que me gusta ver así a mi hijo? Te estoy pidiendo ayuda. Como amigo. Si no te ves capaz de hacerlo, supongo que es porque no eres la persona que yo pensaba que eras.

Dejó la tarjeta de la habitación encima de la mesa y se alejó. Yo me quedé sola, rodeada de personas que se estaban divirtiendo. Deseé poder salir de allí y marcharme a casa, pero Alastair tenía razón. Yo no era una desertora. Y no podía permitir que un británico inmaduro me arruinase la carrera. Tomé la tarjeta y subí a la habitación que Alastair había reservado para intentar calmarme.

Capítulo Cinco

Resultó ser la suite del ático. No debió extrañarme que Alastair hubiese reservado la mejor habitación del hotel. Y había sido todo un detalle por su parte dejarme subir, pero yo seguía sin estar contenta con él. Ni la cama con dosel ni las mullidas alfombras consiguieron que me sintiese mejor. Ni siquiera las vistas panorámicas de Chicago conseguían arrancarme una sonrisa aquella noche.

Me tumbé sobre la suave colcha, sintiéndome agotada de repente. Cerré los ojos e intenté cambiar de humor.

Aquel trabajo era lo más importante de mi vida y no quería estropearlo por culpa de la actitud de Kit. Deseé que todo pudiese seguir como antes, pero supuse que tendría que adaptarme al cambio, como todo el mundo.

Decidí que hablaría con él, cosa que no solía hacer nunca, pero lo único que sabía de Kit hasta el momento era que no tenía ni idea de qué hacer con él. Lo acababa de conocer y ya lo odiaba y, lo peor de todo, odiaba sentirme atraída por él. No era un buen modo de empezar.

Lo busqué en Internet y miré sus perfiles en las redes sociales. Estaba muy bien relacionado, por decir algo. Tenía un perfil en todas las plataformas imaginables y no se limitaba a tener como amigos a familiares y amigos de verdad. Tenía decenas de miles de seguidores. Apreté los dientes e intenté buscar algo positivo en todo aquello.

Me resultó casi imposible. Cuanto más miraba sus publicaciones, más me enfadaba. En todas las fotografías aparecía acompañado por al menos dos chicas guapas agarradas del brazo, mirándolo con adoración, como si acabasen de ganar la lotería.

Él, por su parte, seguía a muy pocas personas, incluidas algunas modelos. Puse los ojos en blanco y dejé a un lado el teléfono. Después de aquello, todavía me caía peor. Y no soportaba el recuerdo de sus ojos ambarinos clavados en los míos. Me había desafiado con la mirada. Y algo más que no había conseguido descifrar…

Me levanté de la cama y me acerqué a la nevera. Dentro había vino rosado y varias botellas pequeñas de vodka. Alcé la mano hacia ellas. Aquella noche estaba rompiendo todas las reglas, así que tomé una de ellas y me la bebí de un sorbo sin pensarlo. Después decidí volver a la fiesta antes de que encontrase más motivos para marcharme de allí.

Había todavía más personas que un rato antes. Vio a Ellie en la pista de baile, con Tim, y pensé en acercarme. Me sentiría aliviada si podía confesarle a alguien lo mucho que me preocupaba tener que ocuparme de Kit, pero no quería estropearle la noche a mi amiga.

El vodka empezó a hacerme efecto y noté que cada

vez me costaba más ver. Miré a mi alrededor en busca de Kit, al que no vi. Sí vi a su padre. Entonces vi
también una señal que indicaba la salida en la parte
de atrás del salón. La puerta estaba ligeramente entre-
abierta y fui hacia ella porque necesitaba un poco de
aire fresco.

La puerta daba a un aparcamiento que había detrás
del hotel. No me sorprendió ver allí a Kit, con una mujer a la que no reconocí sentada sobre el capó de un
coche. Estaban hablando, muy cerca el uno del otro. Vi
como Kit inclinaba la cabeza y pensé que la iba a besar, pero no lo hizo. Se había inclinado para tomar su
teléfono, que estaba detrás de ella, también encima del
coche. La mujer echó la cabeza hacia atrás y, mientras
reía, le acarició el brazo.

Pensé que estar allí era un error y estaba a punto
de volver al interior del hotel cuando la chica me vio y
tiró del brazo de Kit para atraer su atención.

Él no pareció verme. Le dijo algo a la chica y fue en
dirección a la puerta. Yo supuse que, antes de hacerlo,
le había prometido que la vería más tarde. La idea me
enfadó todavía más.

Vi que venía hacia mí y se me aceleró el corazón.
Nuestras miradas se cruzaron y yo me quedé donde estaba, pero tuve que levantar la cabeza para no romper
el contacto visual.

Yo era alta, pero Kit, mucho más.

—¿Te estás divirtiendo, señorita Croft?

—Tengo la sensación de que tú, sí —le respondí.

Kit se echó a reír y buscó un cigarrillo en su chaqueta.

–¿Fumas?

–Por supuesto que no.

Para mi sorpresa, Kit volvió a guardar el cigarrillo.

–Bien. Llevo tabaco para ofrecer a los demás, me parece de buena educación.

Yo hice una mueca, no entendía bien la educación británica. Me di cuenta de que me miraba con curiosidad.

–¿Provocar cáncer de pulmón a los demás es de buena educación? –le pregunté.

Su sonrisa menguó, frunció el ceño, como si se sintiese confundido conmigo.

–¿Necesitas algo?

–He salido a tomar un poco el aire –le respondí, aunque con él cerca me costaba todavía más respirar allí que entre la multitud.

Kit se metió las manos en los bolsillos y se apoyó en la pared. Me miró a los ojos y yo recé porque no se hubiese dado cuenta de lo nerviosa que estaba.

Tuve la sensación de que ambos estábamos pensando en la conversación que yo había oído. Y me pregunté si aquel era el único motivo por el que estaba nerviosa.

–¿De verdad piensas que vas a poder mantenerme a raya, señorita Croft? –me preguntó él sin ninguna acritud, como si de verdad quisiese conocer la respuesta.

–No es culpa mía que tu padre quiera mantenerte vigilado.

–Nunca he tenido un trabajo de verdad. Eso le preocupa –me respondió él con toda naturalidad–, pero tal y como mi padre te había descrito, pensé que serías…

Yo me crucé de brazos.

–¿Sí?

–Diferente.

–¿En qué aspecto?

–Bueno, aburrida –respondió él, mirándome con malicia–, pero no lo eres. De hecho, yo te describiría más bien como a una persona interesante, divertida. Sorprendente.

Noté que me ardían las mejillas. No me sentía avergonzada, sino enfadada porque Kit se sentía con derecho a hablarme así.

–Casi no nos conocemos –repliqué.

Kit fingió sorpresa.

–Lo siento si te he ofendido con mi cumplido.

–Me parece que no ha sido un cumplido nada sincero.

Él negó con la cabeza.

–No pretendía herir tus sentimientos.

Yo chasqué la lengua con desaprobación.

–Tienes mucho que aprender. No deberías hablar así a tus compañeros de trabajo.

–¿Así, cómo?

–Como si fueran un juguete. No vuelvas a decirme que soy sorprendente y no pienses que no sé lo que estás haciendo. Tal vez te haya funcionado con esa chica de ahí, pero no te va a funcionar conmigo.

–Esa chica se está divirtiendo mucho más que tú –me dijo Kit como si aquel argumento le diese toda la razón.

–Eres exasperante.

36

Kit me sonrió.

–No para todo el mundo. Pero a ti sé cómo enfadarte. Puedo leerte como un libro abierto.

Respiré hondo.

–Mire, señor Walker…

–Kit –me corrigió él.

–Mira, Kit –repetí, sintiendo que me ardían las mejillas–. No tenemos por qué ser amigos, solo tenemos que comportarnos de manera civilizada. No me gusta tener que vigilarte, pero tu padre me ha pedido que lo haga y lo voy a hacer porque se ha portado muy bien conmigo y porque sigue siendo el dueño de la empresa. No tengo nada personal contra ti. Él me ha pedido que no te vea como a un enemigo y que tenemos que trabajar juntos para que la transición vaya bien. ¿Entendido?

Él me miró como si la situación lo divirtiese y me abrió la puerta para que pudiese entrar.

–Claro como el agua, señorita Croft. Estoy deseando aprender –me dijo.

–Y yo estaré encantada de enseñarte –le respondí.

Al pasar por su lado choqué accidentalmente con su fuerte hombro y me ruboricé como si fuese una de esas chicas impresionables con las que salía en las fotografías de Instagram, pero me negué a mirarlo a pesar de saber que él seguía con la mirada clavada en mí.

Intenté convencer a mi cuerpo de que se tranquilizase. Si reaccionaba así en esos momentos, no sabía cómo iba a poder trabajar teniéndolo cerca al día siguiente.

Me hacía sentirme insegura y eso no me gustaba.

Y, sobre todo, me hacía preguntarme cómo sería ser la chica que se sentaba en el capó del coche y coqueteaba con un hombre como él.

Intenté no sentirme sola y me recordé que era valiente. Era Alexandra Croft, esa era yo.

Capítulo Seis

Como soy un poco arrogante no me sorprendió nada ser la única que no tenía resaca al día siguiente.

Después de tomarme un café y un cruasán, había ido al gimnasio. Y todavía había llegado temprano a trabajar.

–He oído algo de anoche –me comentó Ellie antes de nuestra reunión diaria.

Yo sacudí la cabeza y me giré para encender el ordenador.

–Algo de una chica y Kit en el aparcamiento.

–Solo estaban hablando, aunque era evidente que ella quería más –le contesté.

–¿No me digas? Pues están rumoreando que eras tú la que estabas con él. Dicen que os vieron juntos.

Me di cuenta de que todo el mundo nos estaba observando, que intentaban escuchar nuestra conversación. Me ruboricé. No podía creer que me hubiesen confundido con otra de las miles de admiradoras de Kit.

–No era yo. Y a quien haya dicho eso le sugiero que deje de verter calumnias si quiere conservar su puesto de trabajo –le respondí en voz más alta.

Miré a Angela y vi que se ponía seria. Yo no jugaba a aquello y ella lo sabía. Como solía ser la más habladora del grupo, sospeché que había lanzado el rumor ella.

–Yo… –empezó.

–Me da igual que os parezca divertido hablar del jefe nuevo. Como oiga a alguien faltándole al respeto otra vez, tendrá que responder ante mí. Nunca habéis hablado así de Alastair y Kit se merece el mismo respeto. El que no esté de acuerdo que venga a hablar conmigo. ¿Ha quedado claro?

Todo el mundo asintió en silencio. Y a mí no me importó aguarles la fiesta.

Me puse en pie y pregunté:

–¿Soy la única interesada en terminar el diseño de la aplicación para el próximo viernes? Solo tenemos una semana y el jefe nuevo va a venir hoy a ver qué tenemos por el momento.

Los miembros de mi equipo murmuraron desanimados y se pusieron a trabajar. A mí me disgustó ver lo poco que los motivaba el trabajo. Golpeé la mesa con fuerza y todos se sobresaltaron.

–Esto no me vale. No deberíais estar aquí. No voy a permitir que mi equipo se muestre en un estado así. Quiero que os vayáis todos a casa. Ahora. Os veré el lunes por la mañana. Descansad, hidrataos. Y traed lo mejor de cada uno el lunes.

Pensé que era poco probable que Kit pasase por la oficina, teniendo en cuenta el estado en el que estaba todo el mundo. Dudé que él se hubiese levantado tan temprano en toda su vida.

Mis compañeros empezaron a levantarse de las sillas y a recoger sus cosas lentamente. Después, se marcharon uno a uno en silencio. Yo estaba a punto de sentarme delante del ordenador cuando vi a Ben junto a la puerta, escuchándolo todo.

Me miró con sorpresa. Tenía los ojos rojos, cansados, y un hematoma en la frente que había intentado esconder debajo del flequillo.

–¿Y a ti qué te ha pasado? –le pregunté riendo.

Él se dejó caer sobre una silla vacía y gimió.

–Nada.

–Venga. Cuéntamelo.

Ben suspiró con dramatismo.

–Reté a Tim a hacer el pino.

–¡A mí no me eches la culpa! –le gritó Tim antes de salir por la puerta–. Te lo hiciste tú solo.

–Bueno, espero que el lunes vuelvas en forma, con o sin contusión –comenté yo–. Y tú, Ben, no esperaba algo así de ti.

–No estoy tan mal… –dijo él, frotándose la frente–. Pero tienes razón. No hay excusa para venir sin ganas a trabajar. Yo no me puedo marchar porque tengo que estar al frente de mi equipo, pero tú vas a estar muy tranquila aquí, así que espero que se te dé bien.

–Gracias.

Ellie se acercó y me dio un beso en la mejilla.

–Gracias, eres la mejor jefa.

Yo gemí.

–Sal de aquí, Ellie y, por favor, no me dejes en ridículo el lunes.

–No lo haré, te lo prometo –me respondió, saliendo por la puerta.

Ben también se había acercado a la puerta, pero se

había quedado allí como si quisiese decirme algo. No obstante, se dio la media vuelta y me dejó sola en el despacho.

Trabajé sola durante casi todo el día y disfruté mucho de mi soledad. Puse música tranquila y no eché de menos el constante murmullo de fondo.

En ocasiones era estupendo estar sola.

Según fue avanzando el día, me fui tranquilizando. Me convencí a mí misma de que era normal que hubiese rumores en la oficina, me dije que no era nada personal. Que para la persona que había extendido el rumor, habría sido un triunfo acostarse con el nuevo jefe. Yo, por el contrario, no soportaba la idea.

Tal vez fuese porque Kit era el camino más directo para que me rompiesen el corazón y arruinasen mi reputación.

En cualquier caso, no quería que nadie hablase de aquello a mis espaldas, quería que todo el mundo tuviese claro que yo no era de ese tipo de chicas y que su jefe nuevo merecía tanto respeto como Alastair.

Recordé nuestra conversación en el aparcamiento y tuve que admitir que Kit tenía algo. No conseguía sacármelo de la cabeza.

Eran las tres de la tarde y yo seguía aturdida cuando Kit llegó a la oficina. Llevaba un traje gris que le sentaba a la perfección y estaba tan guapo que me dolieron los ojos al mirarlo.

–Buenas tardes, señorita Croft.

–Hola –le respondí, concentrada en la pantalla del

ordenador a pesar de que no había hecho nada en la última hora.

De repente, sentí que el ambiente estaba cargado.

Kit caminó despacio por la habitación y miró a su alrededor, confundido.

—No hay tanto ambiente como esperaba… ¿Dónde está el resto de tu equipo?

—Yo… —balbucí. No había esperado que Kit apareciese por allí—. Los he mandado a casa.

Kit frunció el ceño, pero yo supe que tenía que mantenerme firme.

—¿Por qué los has mandado a casa?

—Porque no estaban en estado de trabajar.

—Pero no puedes mandar a los empleados a casa, Alexandra.

Tragué saliva. Alastair jamás me habría hablado así.

—Pues… lo he hecho.

—Ese es mi trabajo.

Yo apreté los dientes, miré a Kit y esbocé una sonrisa.

—Tu padre me enseñó que yo controlo a mi equipo. Él jamás habría interferido…

Kit resopló.

—Ah. ¿Eso te decía mi padre?

—Eso es lo que me enseñó.

Kit sonrió con arrogancia y yo deseé darle una bofetada, pero no me moví, me limité a fulminarlo con la mirada.

—Bueno, pues mi padre ya no está aquí. Ahora estoy al mando yo. Haz que vuelvan.

Abrí los ojos como platos.

–La jornada laboral termina dentro de dos horas. No voy a hacer que vengan de casa ahora. De todos modos, hoy no servían para nada. Me han defraudado y no quería que diesen una mala imagen del equipo.

–Yo decidiré si servían para algo o no. Que vuelvan.

Yo me eché hacia atrás en la silla, sorprendida, pero decidida a aguantar.

Kit se estaba enfadando. Tenía las mejillas encendidas y ya no sonreía.

–¿No me has oído, o es que te estás haciendo la sorda?

Negué con la cabeza.

–He tomado una decisión y debo mantenerme firme. Es mi equipo y normalmente…

–Tu equipo trabajaba para mí, en mis oficinas, en mi edificio.

–Siento que no te guste cómo dirijo a mi equipo –repliqué–. Díselo a tu padre si quieres, pero he hecho lo que pensaba que era mejor. Siento que eso pueda causarte alguna molestia, pero estarán de vuelta el lunes, dispuestos a trabajar.

Kit estaba furioso, tenía el ceño fruncido y los labios apretados, los puños cerrados.

–Estás traspasando una línea peligrosa, Alexandra –me advirtió, pero no me dio miedo.

Más bien todo lo contrario. Aquello me gustó.

Vi que Kit apoyaba las manos en mi mesa y sentí calor. Se inclinó hacia delante, con los ojos brillantes, rezumando testosterona.

–Mi padre te enseñó muchas cosas que no van a ser de aplicación en el futuro. No pienses que porque seas su favorita vas a poder influir en mí –me dijo Kit.

Se me puso la carne de gallina y me di cuenta de que me costaba respirar.

Él empezó a tranquilizarse y su ira se tornó en algo diferente, igual de intenso.

–Supongo que hemos empezado con mal pie –comenté.

–Sigue presionándome y verás lo que es empezar con mal pie –me advirtió.

Y antes de que me diese tiempo a responderle, salió de la habitación con un portazo.

Ya a solas, me di cuenta del calor que sentía entre los muslos, de que tenía el vello de la nuca erizado y los pezones erguidos.

¿Qué me estaba pasando con aquel hombre?

Varias horas más tarde seguía preocupada por mi discusión con Kit y, no obstante, cuando llamé a Alastair para contárselo, él se mostró encantado.

–Enhorabuena, Alex, has sacado las dotes directivas de mi hijo.

Yo suspiré.

–No pretendía hacerlo. Y me siento fatal.

–Pues yo no podría estar más contento. Sigue manteniéndome informado.

Yo suspiré de nuevo y me froté las sienes antes de apagar el ordenador y poner orden en mi mesa. Después me fui a casa y me preparé un plato de pasta para cenar, le escribí un mensaje a mi hermana e intenté olvidarme de todo el día.

Más tarde, mientras me metía en la cama y ahuecaba las almohadas, me pregunté si había provocado deliberadamente a mi nuevo jefe.

Capítulo Siete

Pasé todo el fin de semana pensando en Kit.

Era como si se me hubiese metido en la cabeza.

Y eso me molestaba porque no me caía bien. Bueno, a una parte de mí no le gustaba nada, otra parte no estaba en absoluto de acuerdo. Kit hacía que sintiese un cosquilleo en el estómago. No sabía cómo describir la sensación, pero no me gustaba todo lo que no podía controlar. Y era evidente que aquello no lo podía controlar.

Además, sabía que Kit había tenido motivos para enfadarse. Yo tenía que haber hecho lo que me decía y haber llamado a mi equipo para que volviese a trabajar. Tendría que empezar mejor la semana si no quería quedarme sin trabajo.

Era lunes por la mañana. La semana empezaba de cero.

Y era el día del juicio final.

Kit bajaría a nuestro departamento para ver el trabajo que habíamos estado haciendo. Y sería él quien escogiese el diseño final. Yo no necesitaba que me dijese si hacía bien mi trabajo o no, todo el mundo sabía que lo hacía muy bien. No obstante, era necesaria su aprobación. Pensé que iba a comportarme bien y que tal vez incluso podría disculparme.

Cuando llegué a la oficina el equipo ya estaba trabajando. Dejé el bolso sobre la silla y vi que Tim me sonreía.

–Buenos días, Alexandra.

–Buenos días, Tim –le dije–. Me alegra veros en forma y con mejor actitud.

–Buen discurso, jefa.

Me giré y vi que Ellie acababa de entrar sonriendo.

–A ver, el jefe va a bajar dentro de un rato a ver los tres diseños finales. Vamos a sorprenderlo, ¿de acuerdo?

Tim gritó entusiasmado y el resto se echó a reír. Yo puse los ojos en blanco, pero me alegré de volver a la normalidad. No iba a ser un día fácil, pero mis compañeros me recordaban que, a pesar de las dificultades, siempre había motivos para sonreír.

Era media tarde y habíamos revisado los diseños varias veces cuando por fin me sentí con fuerzas de llamar a Kit. Estaba sentada en mi pequeña oficina, al fondo del departamento, intentando reunir la energía para volver a pelear con él. Kit había dicho que iría a ver el trabajo que habían hecho, pero, o se le había olvidado o no había querido ir. Y yo tenía la sensación de que era más bien lo segundo. Tenía la sensación de que quería que volviese a llamarlo y le pidiese que viniese. Patético.

Marqué el número del despacho del director general, del despacho que había sido de Alastair y, tras varios tonos, respondieron.

–¿Sí?

Yo fruncí el ceño.

–¿Así es como respondes a la favorita de tu padre y a tu futura favorita? –bromeé.

–Es como voy a responder cuando vea que me llamas, señorita Croft. ¿En qué puedo ayudarte?

–Ibas a venir a ver los diseños y a decidir cuál utilizamos para la aplicación.

–Ah, ¿sí? Entonces, ¿tu equipo ha vuelto al trabajo? ¿Estás segura de que no quieres darles un par de días libres para que recarguen las pilas?

Yo me mordí el interior de la boca. Supe que estaba intentando enfadarme, así que me mantuve tranquila. No quería que Kit tuviese ese poder sobre mí.

–Estamos preparados.

–Estupendo –me respondió él en tono sarcástico–. Bajaré dentro de dos minutos.

Me colgó el teléfono sin despedirse y supe que no bajaría en dos minutos. Iba a hacerme esperar, formaba parte de su juego. Sonreí y fui a hablar con el equipo.

–El señor Walker no tardará en venir –les avisé–. Estad preparados para hacer la presentación dentro de veinte minutos.

Tal y como sospechaba, Kit llegó tarde. Y cuando buscó en mi rostro una reacción, lo único que encontró fue una educada sonrisa. «Toma esa». Era una actitud infantil, pero estaba decidida a sorprenderlo. No sabía por qué.

Tal vez fuese porque me sentía culpable de la discusión que habíamos tenido el viernes. O tal vez porque quería ganarme el beneplácito del nuevo jefe. No me gustaba perder el control y ya me había sorprendido con la guardia baja varias veces. No quería que volviese a ocurrir.

A ver si mi corazón se enteraba también, porque se había acelerado al verlo llegar.

Kit optó por ignorarme al darse cuenta de que no estaba enfadada. Se frotó las manos.

—Bien, veamos qué tenéis para mí.

Se me puso la piel de gallina al oír su voz y maldije su acento británico. Incluso Ellie lo estaba mirando con deseo desde la otra punta de la habitación.

Yo empecé a enseñarle los diseños en la pantalla de la pared y Tim le acercó una carpeta con ellos impresos.

—Nos hemos quedado con tres diseños, señor.

Kit tomó la carpeta en vez de mirar a la pantalla.

Yo sonreí. Mi diseño era el último porque era el mejor. Kit abrió la carpeta y pasó las páginas. Había varias semanas de trabajo en ellas, pero imaginé que Kit, que no tenía experiencia en la industria, solo vería los colores.

Suspiró como si no le gustase nada lo que estaba viendo y a mí se me detuvo el corazón. ¿Y si no escogía mi diseño?

—¿Quién ha hecho esto? —preguntó, levantando la mirada y mirándome a mí.

—Los tres diseños finalistas son de Ellie, Angela y mío —respondí—. En la pantalla se ven mejor los colores…

Tomé el mando a distancia, pero Kit siguió sin mirar hacia la pantalla. Continuó mirándome a los ojos e hizo una mueca.

–Pues esperaba algo más del mejor equipo de diseño de Chicago –comentó.

–¿Perdona?

–Estás perdonada. Por el momento. Pero espero más. Señorita Croft. De todo el equipo –dijo él con los ojos brillantes.

–Esos diseños no tienen nada de malo.

–Yo opino que sí.

–¿Por ejemplo?

–¿Dónde está el *sex appeal*? Si esto es lo que tenéis, nos quedaremos con el diseño antiguo que, al menos, es erótico.

Angela rio en voz baja al oír aquello y yo pensé que no era posible que todo mi equipo se enamorase de él en vez de apoyarme a mí. Apreté los dientes.

–Si hubieses leído el informe que te mandó tu padre sabrías que estamos intentando apartarnos del diseño antiguo. Muchos de nuestros usuarios son jóvenes adultos, y necesitamos que sea más accesible para…

–Todo eso está muy bien, señorita Croft, pero ahora estoy al mando yo. Y estos diseños me parecen aburridos. No van a vender. Quiero que empecéis de cero.

Kit nos dio la espalda y se dispuso a salir de la habitación. Volvía a mostrar su lado más dominante. Yo estuve a punto de dejar escapar un grito ahogado. No podía creer que nos hubiese tratado así.

Clavé la vista en sus anchas espaldas, en su pelo moreno, y deseé poder hacer que aquel hombre entrase en razón. O poder hacer algo para calmar la tensión sexual que había entre nosotros.

Dejé el mando a distancia y eché a andar detrás de él, desesperada por hacerle entender.

–No sabes lo que estás diciendo. Mi equipo ha trabajado muy duro en esto. No puedes echar por tierra así nuestro trabajo.

Kit se detuvo. Sonrió. Volvió a la mesa y tomó la carpeta, volvió a mirar los diseños. Asintió varias veces y me pregunté si, como por milagro, habría cambiado de opinión. Sacó mi diseño y lo examinó mejor. Yo sentí que se me aceleraba el corazón.

Kit dejó el diseño otra vez en la carpeta.

Me miró a los ojos.

Noté un escalofrío en la espalda.

–No es lo suficientemente bueno –me dijo con los ojos brillantes–. Mi padre espera algo mejor, señorita Croft. Y yo… también espero algo mejor. Así que volved a intentarlo.

Capítulo Ocho

Habían pasado tres días desde que Kit había rechazado los diseños en los que tanto habíamos trabajado. No lo había visto desde entonces. La oficina había estado tranquila y triste. Todo mi equipo se había sentido dolido con su decisión, pero yo tenía la sensación de haberme llevado la peor parte. Su rechazo me había parecido algo personal.

Ellie había venido a casa por la noche para intentar animarme, pero yo no podía concentrarme en la película que estábamos viendo. Era un thriller sobre un protagonista masculino que no paraba de recordarme el motivo por el que no sabía tratar con la mayoría de los hombres. Lo vi destruir su ciudad natal a base de tiros y bombas y me pregunté si todos los hombres eran así. Kit lo era, sin lugar a dudas. Iba dejando a su paso un rastro de destrucción. Y yo estaba, en esos momentos, que echaba fuego por la boca, a punto de estallar.

Me hundí en el sofá y deseé con todas mis fuerzas poder tranquilizarme.

—Venga, Alex, no es para tanto —me dijo Ellie.

Yo suspiré y metí la mano en el cuenco de palomitas que teníamos en medio.

—Estoy de muy mal humor. No me puedo creer que

hayamos perdido semanas de trabajo por culpa de ese idiota –repliqué.

–Ya lo sé, pero o haces algo al respecto, o te olvidas de ello.

–¿Y qué me sugieres que haga?

–Informa de lo ocurrido a Alastair. Ningún jefe debería tratar así a sus empleados.

Yo suspiré de nuevo y cambié de postura en el sofá.

–Sí, claro, pero yo tampoco soy precisamente la empleada del año. Y en ocasiones tampoco soy una buena jefa.

–Sí que lo eres, de verdad.

–No me mientas, Ellie. Presiono al equipo y a nadie le gusta eso. Ahora que Kit está haciendo lo mismo conmigo, me doy cuenta de lo que es.

Me metí un puñado de palomitas en la boca.

Ellie me dio un codazo.

–Deja de compadecerte de ti misma. Tú no eres así. Además, ¿no te has dado cuenta de cómo te mira Ben? Yo diría que está enamorado.

–¿Qué? –pregunté, interiorizando sus palabras–. ¿Ben? Yo nunca… Solo somos amigos.

–Estoy preocupada por ti –admitió–. No has sido tú desde que Kit llegó.

–No te preocupes. Déjamelo a mí.

Ellic se giró para mirarme.

–Mira, Alex, eres la mejor. La mejor de Cupid's Arrow y del mundo. Kit no sabe lo que dice.

Yo dejé escapar una carcajada, pero me gustó oír aquello.

–Gracias.

–Tal vez él no crea en ti, pero yo, sí. Y me da igual que sea el jefe. No sabe nada.

Yo sonreí y ambas comimos palomitas.

–¿Qué crees que es lo que Angela y las otras ven en él?

–¿En quién?

–En Kit –respondí yo–. Todas suspiran por él desde que llegó.

Ellie puso los ojos en blanco.

–No te hagas la tonta. Es impresionante. Aunque a Angela le gustan todos. Ella es así.

–Pero todo el mundo habla de él, de las chicas con las que se ha acostado, e incluso del color de su camisa. Angela comentaba orgullosa que beben el mismo tipo de café.

Ellie se echó a reír y yo reí también.

–Vaya tontería.

–Eso mismo pienso yo. Por eso no lo entiendo. Es un cretino. Y a las mujeres no les gusta eso, ¿no? Quiero decir, que no tiene nada como para enamorarse de él, ¿verdad?

–¿No estarás intentando convencerte de que no te gusta el jefe nuevo? –me preguntó Ellie.

Yo suspiré.

–Me contaste los rumores que hubo acerca de la noche de la despedida de Alastair. No quiero que nada estropee mi paso por Cupid's Arrow. Supongo que por eso estoy tan decidida a odiar a Kit. Una parte de mí sigue deseando que Alastair estuviese en su lugar.

–Alastair quiere vivir bien. Ha trabajado muchos años y se lo merece. No va a volver, Alex.

–Lo sé –admití, sonriendo con tristeza–. Tendré que intentar llevarme bien con Kit. Sé que gusta mucho a las mujeres, pero si ser irresistible es su superpoder, por el momento, soy inmune a él.

Capítulo Nueve

No sabía cuántas oportunidades iba a tener que darle a mi relación con Kit, pero allí estaba, delante de la puerta de su despacho, intentándolo otra vez. Había pensado que mi amor por mi hermana, por mi trabajo y por la empresa pesaban más que el odio o que cualquier reacción química que Kit despertase en mí. Por eso tenía que hacer las paces con él, aunque tuviese que ceder ante un hombre al que no soportaba.

Respiré hondo y llamé a la puerta. Oí unas risas femeninas en el interior e inmediatamente supe que tenía compañía.

–¿Puede esperar? –preguntó Kit.

Y yo me tragué mi ira y sonreí desde el otro lado de la puerta.

–No –respondí entre dientes.

Me imaginé lo que podía estar ocurriendo en el despacho y un segundo después se abrió la puerta. Kit estaba serio. Apoyó el brazo en el marco y me miró fijamente. Yo le devolví la mirada y tuve la esperanza de que no se diese cuenta de que me costaba respirar.

Abrió la puerta completamente y dejó salir a una mujer de mediana edad que iba vestida de traje. Yo me ruboricé al darme cuenta de que no debían de estar haciendo nada de lo que había pensado.

–Gracias por tu tiempo, Kit, y saluda a tu padre de mi parte –le dijo la mujer.

Él sonrió de manera encantadora y asintió, y después me hizo un gesto para que entrase yo.

–Pase, señorita Croft.

Entré en su oficina. El olor a su colonia me embriagó, no pude evitarlo. Fui a sentarme a la silla que había delante de la mesa y lo miré.

–Me sorprende que te estés… adaptando tan bien –comenté.

Él no se enfadó, se echó a reír y sacudió la cabeza mientras volvía a su sillón. Se dejó caer en él y levantó los pies.

Yo supuse que la cosa no estaba yendo mal, pero entonces recordé el motivo por el que estaba allí y fruncí el ceño. No estaba allí para hacerme amiga suya, sino pensando en el bien de la empresa.

–¿En qué puedo ayudarte, Alex? –me preguntó Kit.

Me di cuenta de que, para variar, no tenía buen aspecto. Tenía la voz ronca como si hubiese estado fumando, y ojeras. Al parecer, el trabajo a jornada completa no le impedía seguir saliendo de fiesta.

–No quiero nada en particular, pero me gustaría encontrar la manera de solucionar nuestras diferencias –le dije, intentando mostrarme tranquila–. He pensado que podríamos comer juntos, o cenar, el día que estés libre…

Él sonrió con malicia.

–Suponiendo que esté libre –me corrigió.

–Bueno, hazme un hueco –le pedí–. Al fin y al

cabo, soy una de tus empleadas más importantes. Deberíamos sentarnos y conocernos un poco mejor.

–¿No quieres que hablemos aquí? –me preguntó Kit, divertido, pero su mirada era más amable, como si le gustase la idea de que fuésemos amigos en vez de enemigos.

Yo me encogí de hombros, prefería salir de allí para que ambos estuviésemos más relajados. Tal vez hubiésemos comenzado con mal pie, pero estaba segura de que si nos conocíamos mejor podríamos solucionarlo.

–Pensaba que fuera del trabajo estaríamos menos estresados, pero no quiero que me malinterpretes, mis intenciones son solo laborales. Vamos a tener que trabajar codo con codo y, dado que has rechazado mis ideas para la aplicación, me gustaría saber qué opinas de los nuevos diseños.

–Con respecto a eso…

–Ya lo he superado –lo interrumpí, pero clavé la vista en el escritorio, no en sus ojos–. Solo quiero que hablemos en un entorno menos formal. Pienso que eso aliviaría parte de la tensión.

Kit sonrió lentamente.

–Si eso es lo que quieres…

–Sí, eso es lo que quiero.

–Está bien, en ese caso, podemos cenar juntos.

–¿Dónde quedamos? ¿Estás disponible esta noche? –le pregunté, con mi agenda abierta sobre las rodillas.

Kit se echó a reír.

–Bueno, señorita Croft, tenías que habérmelo dicho antes. La gente hace planes los viernes por la noche.

–Por supuesto, podemos quedar cualquier otro día.

Kit volvió a sonreír y se puso en pie. Se metió las manos en los bolsillos.

–Estoy libre el lunes por la noche.

–Qué raro –bromeé yo, sabiendo que no debía hacer aquel comentario.

A él no pareció importarle.

–El lunes por la noche se trabaja –me dijo–. El viernes, se divierte uno. De hecho, doy una fiesta esta noche en mi casa.

–Qué interesante –comenté, apuntando en la agenda la cena del lunes.

–Deberías venir –añadió él.

–No, gracias –respondí enseguida.

No porque no me gustasen las fiestas, sino porque no quería ir a una organizada por Kit.

–Venga, va a venir la mitad de tu departamento.

–¿Ya los has invitado? –le pregunté.

–Pensé que a ti no te apetecería –admitió Kit.

Cerré la agenda con fuerza y me puse en pie. No estaba enfadada, solo me sentía decepcionada porque nadie de mi equipo me lo había contado. Me habían hecho quedar como una idiota.

–Así es –le respondí, sonriendo–. Paso.

–¡Espera! –me dijo Kit al ver que le daba la espalda para marcharme–. Tenía que haberte invitado antes, me gustaría mucho que vinieras.

–¿De verdad? ¿Porque somos buenos compañeros?

No pude evitar temerme que no me hubiese invitado porque tenía planeado despedirme.

–Porque deberíamos hacer un esfuerzo por llevarnos bien –me contestó él en tono frío–. Ya hemos que-

dado a cenar, como tú querías. Ahora, hazme el favor
de venir esta noche. Estoy seguro de que tus compañeros también querrán que vengas.

Yo dudé de aquello también, pero Kit tenía razón
en que ambos debíamos hacer un esfuerzo por llevarnos mejor. Al fin y al cabo, era mi jefe.

Apreté los dientes y fingí dudar un instante. A juz-
gar por el gesto de Kit, no estaba acostumbrado a que
ninguna mujer lo rechazase.

Y yo no supe por qué me gustaba tanto ser la primera.

–Está bien, consultaré mi apretada agenda –le dije.
Él sonrió.

–Sí, muy apretada, sobre todo, para esta noche.
Me sonrojé, pero intenté que no se me notara.

–Me tomo muy en serio mi compromiso con Net-
flix –le dije.

–Eso parece.

Me sonrió con la mirada y sentí que nuestra relación ya había cambiado. Volví a darme la media vuelta para marcharme, pero él se acercó y me agarró del
brazo.

–Alex. ¿Puedes esperar un momento?

Yo me giré hacia él. Lo tenía más cerca que nunca.
Sentí que se me cortaba la respiración.

Levanté la barbilla y me di cuenta de que Kit ya
no sonreía. Me fijé en que parecía muy cansado y su
mirada era casi triste. Y, aun así, estaba muy guapo.

–Solo quería decirte… que siento cómo te traté el
otro día. Supongo que herí tus sentimientos y… lo la-
mento –me dijo.

Yo lo miré con sorpresa, no había esperado aquello.

—¿Te ha obligado tu padre a disculparte?

—No, no se lo he contado —me dijo Kit, pasándose una mano por el pelo.

Entonces me di cuenta de que seguía agarrándome el brazo con la otra mano. Buscó algo en su bolsillo y sacó un papel, enseguida me di cuenta de lo que era.

Una copia recién impresa y un poco arrugada de la portada de mi diseño. Se la arrebaté y vi que estaba llena de anotaciones. A simple vista eran constructivas y tenían sentido.

—Hasta esta noche, señorita Croft —se despidió en voz baja, abriéndome la puerta de su despacho.

Yo salí sintiéndome todavía más confundida que cuando había llegado y preguntándome si el verdadero Kit era el que destruía el trabajado de sus empleados en un abrir y cerrar de ojos o el hombre al que yo acababa de conocer.

Capítulo Diez

–Recuérdame otra vez el motivo por el que he salido de compras contigo.

–Porque eres una buena amiga y porque yo te lo he pedido, o más bien rogado. Y eso es algo que no hago jamás.

Odiaba ir de compras y solía comprar por Internet. Después me probaba la ropa en casa y evitaba todos los inconvenientes de ir de compras.

Pero aquella tarde me había visto obligada a ir de tiendas. La fiesta de Kit era por la noche y necesitaba algo para ponerme.

No era solo la fiesta de mi jefe, sino una oportunidad para demostrar mi valía.

Y para eso necesitaba un vestido bonito que realzase todos mis atributos.

O tal vez quisiera ponerme guapa por lo que había sentido unas horas antes en su despacho.

Tomé un vestido plateado y me lo acerqué al cuerpo.

–¿Qué te parece este?

–A ver… –dijo Ellie, fingiendo que lo pensaba–. Vas a estar muy atractiva, como con todos los demás.

–Tengo que estar espectacular.

–¿Para una fiesta de trabajo?

63

–No es una fiesta de trabajo cualquiera.

–¿Por qué? ¿Porque tu jefe ya no es un viejo? ¿Estás tratando de impresionarlo?

–Sí –le respondí con toda franqueza mientras seguía buscando vestido–. No es como su padre. Su padre tenía algo más de clase.

–¿Y vas a ir en contra de tus principios? Vas a emborracharte y a ponerte un vestido corto para impresionar a un tipo que ni siquiera te cae bien, ¿y después? ¿Quieres que te suba el sueldo o…? Admítelo, lo quieres tumbado boca arriba, o boca abajo… encima de su escritorio…

–¡No digas tonterías! –repliqué, intentando no sentirme dolida por sus palabras.

Ellie no lo entendía. Yo no quería atraer a Kit, solo quería demostrarle que podría formar parte de su mundo. Para que después él formase parte del mío.

Laboralmente hablando, por supuesto.

–Ya impresioné a Alastair de otras maneras –le dije a Ellie, tomando más vestidos–. No me gusta Kit. Solo intento adaptarme un poco a su perfil.

–¿Y qué perfil es ese? –me preguntó Ellie en tono de broma.

–¿El de un donjuán imbécil? –preguntó Ben.

Yo me giré al oír su voz y lo vi justo detrás de nosotras, sonriendo.

–¿Ben? ¿Qué estás haciendo aquí? –le pregunté sorprendida.

–Veo que te estás enamorando de él, como todas las demás mujeres de la oficina –me respondió Ben–. Pensé que eras diferente, Alex.

Lo dijo en tono de broma, pero yo me sentí confundida.

—Eh, pensé que Kit te caía bien —le recriminó Ellie.

—¿Y qué te ha hecho pensarlo? —le preguntó Ben frunciendo el ceño y siguiéndonos por la tienda.

—En la última fiesta lo seguiste como un perrito.

—Tal vez esa sea mi manera de impresionar al jefe —respondió él—. No todos tenemos que comprarnos un vestido ajustado para hacerlo.

Yo miré a Ben de arriba abajo, preguntándome por qué se estaba comportando como un imbécil.

—No creo que Kit se sintiese impresionado si te presentases en su fiesta con un vestido.

Ben separó los labios para protestar, pero yo me eché a reír.

—Estoy de broma, Ben. Relájate.

Le sonreí y eso pareció calmarlo. Luego miré a la dependienta, que al verme cargada me señaló los probadores.

—Hay sitio para que tu novio y tu amiga se sienten fuera.

Yo miré a Ben al darme cuenta de que la dependienta se refería a él.

—Ah, no es…

—Perdón —se disculpó ella.

Ben se había ruborizado.

Llegamos a los probadores y entré sola con todos los vestidos mientras Ben y Ellie me esperaban fuera.

—Mira —empezó este—. Solo quiero saber si te has enamorado de él como las demás.

–¿Por qué dices eso? –le preguntó Ellie.

–Porque está intentando impresionarlo. Y eso que no la ha invitado a la fiesta desde el principio.

–Es mi jefe –le recordé, molesta con su comentario–. Tú también tienes un equipo que depende de ti, así que deberías entenderlo.

–Eso es distinto.

–¿Por qué?

–Porque somos todos amigos y nos llevamos bien.

–Y si esta noche sale bien, Kit y yo también seremos amigos –le dije–. O algo parecido.

–No te entiendo –protestó Ben.

–No hay nada que entender, solo estoy haciendo mi trabajo.

–Ha cambiado algo, ¿verdad?

No quise contarle mi encuentro con Kit. Me quité el primer vestido, que no me había encantado, y tomé otro.

–¿Alex? ¿Me estás ignorando?

–¿Por qué no dejas el tema? –le preguntó Ellie.

–No me interesa Kit. Solo es mi jefe –dije yo.

–Está bien, está bien. No os pongáis sensibles.

Aquello me enfadó. Ben había venido a interrumpir nuestras compras y había sacado aquel tema de conversación. Me probé el tercer vestido y me di cuenta de que, probablemente, sería el que me quedase.

El vestido plateado, que brillaba tanto como mi melena rojiza. Era corto, pero no demasiado. Perfecto para ponérselo con tacones.

Me estudié en el espejo. Era escotado, pero no demasiado. Salí a ver qué opinaban Ellie y Ben.

–¿Qué os parece? –les pregunté en tono dulce.

Ellie dio un grito ahogado y asintió. Ben levantó la vista del teléfono y se quedó boquiabierto. Yo me eché a reír al ver su expresión.

–Me lo quedo. Ya se han acabado las compras. Gracias por vuestra opinión.

Cuando salí del probador de nuevo, Ben parecía más tranquilo.

–¿Te veré esta noche en la fiesta? –le pregunté.

Él se puso en pie y asintió.

Después pagué el vestido y un bolso a juego y fui con Ellie hacia el aparcamiento.

–Es evidente que está loco por ti –me dijo mi amiga.

–Estás decidida a emparejarme con alguien, ¿verdad? Ben me cae bien, somos amigos, pero nada más.

De camino a casa, recordé cómo me había mirado Ben al verme con el vestido plateado y sonreí.

Y no pude evitar tener la esperanza de que tuviese un efecto similar en Kit.

Capítulo Once

Al mirarme al espejo en casa me di cuenta de todo lo que podía salir mal aquella noche. En realidad, no quería ir a la fiesta.

El vestido con el que me había sentido sexy y favorecida me pareció demasiado ajustado y me pregunté qué pensaría Kit de mí, si aquello sería profesional o todo lo contrario.

No dejaba de pensar en Kit y eso no era buena señal. Era mi jefe, nada más. ¿Por qué, de repente, me importaba tanto lo que pensase de mí?

Me dije que tenía que salir de casa antes de cambiar de opinión.

Suspiré, me aparté el pelo de la cara y me di cuenta de que parecía asustada frente al espejo.

Tomé las llaves y bajé la escalera. Conduje hasta la mansión de Kit en Gold Coast, cada vez más nerviosa.

Y cuando vi su casa a lo lejos supe que nada más bajar del coche me tomaría una copa, aunque aquello fuese en contra de todas mis normas.

Necesitaría un par de ellas para sobrevivir a aquella velada.

Aparqué en una enorme curva en la que ya había muchos otros coches.

Pensé que debía de llegar tarde a pesar de que llegaba puntual. Y de repente me di cuenta de lo popular que se había hecho Kit en Cupid's Arrow.

Tal vez fuese aquel el motivo por el que quería ganarme su simpatía.

Apagué el motor y me apoyé en el respaldo, respiré hondo y entonces vi a Ben un par de coches más allá.

–Hola –lo saludé al salir.

–Te has puesto el vestido.

Me eché a reír.

–Por supuesto. Lo he comprado para la ocasión. ¿Entramos? –le pregunté, intentando disimular los nervios.

Y al entrar vi muchas caras conocidas del trabajo, pero no a Kit ni a Ellie. Esta me había dicho que iría en su coche.

Una mujer pasó por nuestro lado con una bandeja llena de copas de champán en la mano. Tomé una y la vacié de un trago.

Entonces vi a Tim y a Angela al otro lado de la habitación, mirándome y cuchicheando. «Qué hablen», pensé. Yo tenía otros problemas que atender. El champán ya se me estaba subiendo a la cabeza.

Recorrí la casa tomando varias copas por el camino y cuando llegué a la puerta que daba a la piscina ya me había bebido tres copas de champán.

Todo un récord para mí.

Allí fuera sonaba una música tranquila. La piscina estaba iluminada de color rosa y varios compañeros de trabajo estaban en bañador. Kit no me había dicho que llevase el mío.

Aturdida, busqué a Kit con la mirada y lo vi sentado en una tumbona, con un cóctel en la mano.

Al lado había dos mujeres recién salidas del agua y empapadas, mirándolo con adoración y riéndole las gracias.

Sentí que me ardía la sangre en las venas. Sentí celos.

Odié la sensación y odié que fuese la primera vez en la vida que los había sentido.

–Al parecer, también puede ser gracioso –murmuré, acercándome a él.

Kit me vio llegar y sonrió, se mordió el labio inferior. Dejó de escuchar a las mujeres que estaban a su lado y yo mantuve la cabeza erguida y me dije que, al menos, el vestido había funcionado.

Por fin había conseguido captar su atención. Kit se puso en pie en cuanto llegué al lado de la tumbona.

–Si me disculpáis. Tengo que hablar de negocios con la señorita Croft –dijo sin mirar a las dos mujeres.

Me miró con deseo, de arriba abajo. Y yo sentí que me temblaban las piernas y sentí, de repente, que el vestido me quedaba una talla pequeño.

–Buenas noches, señorita Croft. Estás preciosa.

A mí se me hizo un nudo en el estómago.

Era la primera vez que me decía algo así.

Pero lo peor fue ver que lo decía con toda sinceridad.

–¿Cómo estás? –me preguntó.

–He estado mejor –admití.

–Ya te has tomado un par de copas de champán, ¿verdad?

–Una o dos… aunque me vendría bien otra.

–¿Estás segura? No eres precisamente una fiestera empedernida.

–Esta noche puedo ser lo que yo quiera –le contesté.

Kit ladeó la cabeza.

–¿De verdad? Yo diría que ya estás un poco… contenta.

–Ya soy mayorcita, Kit. Si quiero tomarme otra copa, me la tomaré –repliqué, dándome cuenta de que, en vez de comportarme como una adulta, lo estaba haciendo como una niña.

Sacudí la cabeza y saqué una botella de champán de la cubitera más cercana. Kit sonrió mientras yo me servía y yo pensé que tal vez había conseguido impresionarlo de verdad. Levanté la copa hacia él.

–Salud.

Él arqueó una ceja sin dejar de sonreír.

–Salud.

Ben apareció a mi lado. Saludó a Kit y se giró hacia mí, me agarró del brazo y me apartó ligeramente de Kit.

–¿Te lo estás pasando bien, Alex? –me preguntó, con el aliento oliendo ya a ron.

–Necesito… necesito hablar con Kit –le dije en voz baja.

–Que espere –respondió Ben sonriendo. Y entonces acercó sus labios a los míos y yo giré la cabeza. Su boca chocó contra mi mejilla y yo di un grito de sorpresa y vergüenza.

Ben se apartó. Nos miramos a los ojos. Estaba colorado.

Intenté decir algo, pero no supe el qué.

–Lo que yo pensaba. Una calientabraguetas –murmuró.

Y desapareció en el interior de la casa antes de que yo pudiese contestar a semejante comentario. Me toqué los labios y me pregunté qué habría ocurrido si no hubiese girado la cabeza a tiempo. Me pregunté si le habría mandado alguna señal equivocada. No, trabajábamos juntos y éramos amigos.

Entonces me di cuenta de que Kit me estaba mirando. Las mujeres estaban hablando, pero él no las escuchaba, tenía toda la atención puesta en mí.

Dio un paso al frente y me preguntó en tono intenso, preocupado.

–¿Estás bien, Alex?

–Estoy bien –le dije, quitándole la copa que tenía en la mano y bebiéndomela de un trago–. Nunca había estado mejor, jefe.

Sonreí y él me miró con los ojos brillantes.

–No hagas eso –le pedí con voz ronca.

–¿El qué? –me preguntó él, también con la voz más ronca de lo normal.

–Ponerte tan sexy y posesivo cuando estoy cerca. No hace falta que compliques todavía más las cosas.

Kit me miró con sorpresa.

–¿De verdad?

Yo asentí y perdí el equilibro. Tuve que agarrarme a su brazo para no caer.

–Vaya, estás fuerte.

Él me agarró del codo.

–¿Por qué no nos sentamos, señorita Croft?

Yo volví a asentir y él me guio hacia la tumbona. Y yo me olvidé de todo menos de sus ojos.

Vi la hora en el reloj de Kit, era medianoche.

Y me di cuenta de que le estaba agarrando la muñeca. Las últimas horas habían pasado demasiado deprisa. Entonces fui consciente de que estaba hablando, pero que mi cerebro iba un par de segundos más despacio que mi lengua.

—Me dejo la piel en el trabajo —le dije.

—Por supuesto.

—Y entonces llegas tú y me machacas —continué, preguntándome cómo habría empezado aquella conversación.

—¿No te lo estarás tomando de manera personal, señorita Croft?

—Es que es personal —le contesté.

—Ven, Alex, vamos a hablar en privado —me dijo él.

Y yo me di cuenta de que estábamos rodeados de gente.

Me ayudó a ponerme en pie agarrándome del codo y me llevó hacia unas cortinas que había detrás de la caseta de la piscina.

—Tenemos que hablar de esto y tienes que escucharme —continué—. No estás acostumbrado a que nadie te rete, ¿verdad? Pero yo te voy a retar, Kit.

Imaginé que se enfadaría al oír aquello, pero su gesto era más bien divertido.

—¿Tienes con quién volver a casa? —me preguntó él, mirándome fijamente.

–¿A casa? –repetí yo, desolada al ver que quería mandarme de vuelta a casa–. No pienso marcharme hasta que no hayamos resuelto esto, señor Walker.

–Creo que he visto a tu amiga… Ellie.

Yo también la vi acercarse.

–Hola, Alex. ¿Alex?

–Tu amiga está un poco… contenta. ¿Puedes llevarla a casa?

–Nadie me va a llevar a casa –intervine–. He traído mi coche y voy a marcharme en él.

–Ya vendremos a por él mañana. Ven, Alex –me dijo Ellie.

Yo impedí que me agarrase y sacudí la cabeza.

–Todavía no. Por fin he conseguido que nuestro nuevo jefe me escuche –le expliqué–. Y todavía tengo que explicarle que no debe despreciar como lo hace el trabajo de sus empleados…

–Alex –me dijo Ellie riendo–. Lo siento, Kit. No bebe nunca. Así que hoy…

–No pasa nada.

–Si es que tiene hasta el acento sexy –comenté yo.

–¡Alexandra! –me reprendió mi amiga.

Yo parpadeé y oí reír a Kit.

–Un segundo me odias y al siguiente te gusta mi voz. Decídete, señorita Croft –me susurró él al oído.

–Ellie, dame media hora más –le rogué.

No quería marcharme. Quería besarlo. Quería que continuase bromeando conmigo. Que siguiese mirándome así. Nunca había deseado tanto a nadie.

Ellie me miró con preocupación.

–Yo la llevaré a casa –le dijo Kit.

Se hizo un silencio incómodo y Kit me miró de manera protectora. De repente, me sentí más lúcida que en toda la noche. Una parte de mí supo que aquel era un momento importante. Que era el momento en el que nuestra relación se estrechaba o se rompía. Mi jefe acaba de ofrecerse para llevarme a casa.

–Gracias, Kit. Me gusta estar contigo. Me resulta refrescante y estimulante hablar contigo –le dije–. Ben ha intentado besarme.

–Lo sé.

–Solo te lo cuento porque no quiero que pienses que, si lo hubieses intentado tú, también te habría girado la cara.

–Alex –me dijo Ellie de nuevo.

Luego se acercó a Kit y le susurró algo al oído. Él asintió y dejó que fuese mi amiga la que me sujetase del codo. De repente, sentí que todo giraba a mi alrededor.

Tropecé y noté que caía, pero unos brazos fuertes me sujetaron. Todo se volvió negro.

Capítulo Doce

Desperté con un fuerte dolor de cabeza, sin saber dónde estaba.

Me senté y miré a mi alrededor. Aquella no era mi habitación. La decoración era minimalista, masculina, y enseguida deduje que debía de seguir en casa de Kit. Gemí y me dejé caer sobre la almohada. Acababa de recordar por qué no bebía jamás.

Intenté aclarar mis ideas en la oscuridad, lamentando no poder recordarlo todo. Sí me acordé de que Ben había intentado besarme. Y de mi llegada a la piscina con el vestido plateado. Bajé la vista, todavía lo llevaba puesto. También recordé que le había gritado a mi jefe que no estaba acostumbrado a que nadie lo retase.

Y después…

Mi objetivo había sido obtener su favor y había conseguido que Kit tuviese un motivo para despedirme. «Muy bien, Alex».

Era una idiota. Ni siquiera podía creer que Kit hubiese permitido que me quedase en su casa después de cómo me había comportado.

¿Me habría tomado en brazos él cuando me había desmayado?

Sentí calor en las mejillas al recordar sus brazos alrededor de mi cuerpo.

Qué vergüenza.

Seguí tumbada un rato más y entonces oí que llamaban a la puerta.

Kit asomó la cabeza. No sonreía, pero tampoco parecía enfadado.

–¿Cómo te encuentras?

Yo cerré los ojos.

–Lo siento mucho.

–Ocurre hasta en las mejores familias, Alex. Siéntate. Te he traído algo de beber.

Cerró la puerta tras de él y atravesó la habitación.

Estaba muy guapo, demasiado guapo.

–Ahora mismo no me puedo tomar un café…

–No es café. Es algo mejor –me aseguró Kit.

Yo me sentí tan humillada que deseé esconderme debajo de las sábanas y no salir, pero supe que no podía hacerlo. Al fin y al cabo, quería conservar mi puesto de trabajo.

Me incorporé y di gracias de que Kit no hubiese encendido la luz por dos motivos: porque mis ojos no estaban preparados todavía para ver el sol y porque no quería que Kit viese el estado en el que estaba.

Volví a sentir vergüenza. La noche anterior había querido impresionar a mi jefe y había conseguido todo lo contrario.

Me ofreció un vaso con algo claro y con burbujas. Yo arrugué la nariz.

–¿Qué es, vodka con limonada?

Kit se echó a reír y, a pesar de que me dolió la cabeza al oírlo, fue todo un alivio ver que no estaba enfadado después de lo ocurrido la noche anterior.

–No, no soy un sádico, Alex. Es limonada con azúcar. Mi madre solía preparármelo cuando me sentía mal. Funciona muy bien con las resacas.

–Ah.

Me incliné hacia delante y probé la bebida agridulce, que no sabía mal. Intenté recordar si mi madre me había preparado alguna vez algo así, la respuesta fue negativa. Por un momento pensé que se me había pasado el dolor de cabeza. Miré a Kit y me pregunté qué relación tendría él con su madre.

–¿Ves mucho a tu madre?

–Vive en Londres, así que… no, no mucho.

Me miró con curiosidad.

–¿Y tú?

Negué con la cabeza.

–Mis padres… Bueno, mi hermana y yo nos criamos prácticamente solas. Mis padres han dedicado toda su vida al trabajo. Supongo que yo he aprendido eso de ellos.

–¿Y el resto de virtudes son mérito tuyo?

Me ardieron las mejillas al oírle decir aquello.

–¿Has venido a regodearte? –le pregunté.

–Venga, Alex, tienes que admitir que fue muy gracioso.

–¿Gracioso?

–Deberías intentar buscarle la parte divertida, es lo que estoy haciendo yo.

–¡Eres exasperante!

–¿Y tú no? Podría haberte despedido ayer tranquilamente, Alex, pero prefiero pensar que son cosas que ocurren. Sé que no lo hiciste a propósito.

–Bueno, en parte…

Kit se echó a reír y sacudió la cabeza.

–No todo –me respondió en voz baja–, pero gracias por tu honestidad. Te perdono porque tengo que reconocer que, en ocasiones, soy un cretino. Me dijiste que mi acento era sexy.

–¡Yo nunca he dicho eso!

–Venga, Alex. Pensé que tenías sentido del humor…

–Lo tengo, cuando algo es gracioso.

–Te recuerdo que he venido en son de paz –me dijo, mirándome con dureza.

–¿Te refieres a la limonada?

–Pensé que habías venido a la fiesta porque te habías relajado un poco, pero no. Estuviste toda la noche bromeando conmigo, hasta que en el último momento me dijiste que era arrogante, grosero, autoritario… y muchas cosas más. Mírate bien el espejo, Alex, y verás que tú eres todo eso y mucho más, pero aquí estoy yo, dispuesto a darte el beneficio de la duda.

Me sorprendió que le hubiese afectado tanto lo que yo le había dicho estando borracha, pero vi vulnerabilidad en su mirada y me di cuenta de que le había afectado y, además, de que tenía razón. Yo era todo aquello.

–Lo siento –le dije de todo corazón.

–Sí, claro –me respondió, y volvió a mirarme con interés–. Ya verás cómo al final te caigo bien.

Se sentó a los pies de la cama y me tocó los pies de modo cariñoso.

Moví los dedos contra su palma e intenté sonreír.

–Yo no tentaría a la suerte.

Bajé la vista a su mano fuerte y morena. El calor de su mano a través del edredón hizo que me olvidase del dolor de cabeza y que recordase algo de la noche anterior.

–Gracias por haber impedido que me cayese –susurré, mirándolo a los ojos.

–Siempre estaré ahí para sujetarte –me dijo él como si de verdad lo pensase.

Su mirada era indescifrable. De repente, bajó la vista a su mano, como si no se hubiese dado cuenta de que me estaba acariciando.

Apartó la mano y se puso en pie.

–Tentar a la suerte es lo que mejor se me da, Alex. ¿Te encuentras bien para volver sola a casa o quieres que llame un taxi?

–Preferiría un taxi –admití.

–Doy por hecho que la cena del lunes sigue en pie.

Me sonrojé y noté que se me erguían los pechos debajo del sujetador. Me alegré de seguir escondida bajo el edredón.

En realidad, no quería pasar más tiempo con Kit porque me volvía loca. No obstante, tendría que hacerlo.

–Allí estaré.

–Estoy libre esta noche. ¿Y tú?

Lo miré a los ojos. Contuve la respiración.

Lo mejor era seguir con el plan inicial y vernos el lunes.

–Yo también estoy libre.

Él sonrió y le brillaron los ojos.

–En ese caso, hasta esta noche –me dijo antes de salir del dormitorio.

Lo vi desaparecer y oí que hablaba por teléfono en el pasillo.

Y deseé que volviese a mi lado y pasar más tiempo con él.

Capítulo Trece

Me subí al taxi avergonzada. De hecho, después de haber hablado con Kit me sentía todavía peor. Tal vez porque este se había mostrado comprensivo. Me dolía mucho la cabeza y la apoyé en la ventanilla.

Al llegar a casa, pagué el taxi a pesar de que Kit había insistido en que ya lo haría él. No quería deberle nada más. Ya me había dado una segunda oportunidad. Suspiré y salí del coche.

El tema de Kit me resultaba agotador.

Solo hacía unas semanas que lo conocía y me tenía destrozada. Decidí que esa noche le hablaría de mis diseños. Limaríamos asperezas si no me daba por hacer otra tontería.

Una vez en casa, cambié la reserva del restaurante y le puse un mensaje de confirmación a Kit. Íbamos a ir a mi restaurante italiano favorito, Luciano's, un lugar pequeño y tranquilo donde ya había estado con su padre y al que le había parecido bien.

Me di una ducha caliente, me puse ropa cómoda y me senté delante de la televisión. No obstante, no pude concentrarme. Mi mente no hacía más que volver a la fiesta de la noche anterior.

Alrededor de las cuatro de la tarde se me pasó la resaca, así que me conecté a Internet y me metí en mis redes sociales. Pensé en lo ocurrido con Ben y me dije que él también había estado borracho, así que podía perdonarlo. No obstante, me preocupó que aquel pudiese ser el final de nuestra amistad.

Por fin encontré lo que había estado buscando.

Ben había subido una fotografía una hora antes. Un grupo de unas diez personas entre las que estaban Tim y Angela, todos comiendo juntos. Me dolió que no me hubiesen invitado y me pregunté si Ben habría puesto la fotografía a propósito para que yo la viese.

Recuerda siempre quiénes son tus amigos de verdad, había escrito.

Los ojos se me llenaron de lágrimas, pero me las limpié. No iba a disgustarme por esa tontería. No había hecho nada malo, era Ben el que se sentía mal porque yo lo había rechazado.

Sacudí la cabeza, tiré el teléfono al sofá y me fui a mi habitación a prepararme para la cena. Pensé en la actitud de Kit esa mañana y me dije que no era mi amigo.

En cualquier caso, había hecho bien al rechazar a Ben.

Llegué temprano a Luciano's, pero Kit ya me estaba esperando. Sonrió al verme. Yo sonreí también y, por una vez, no lo hice de manera forzada.

Iba vestida más cómoda que la noche anterior, con un vestido negro y mis zapatos rojos favoritos. Me fijé en que Kit también había hecho un esfuerzo. Llevaba la camisa muy bien planchada y solo el primer botón desabrochado. Llevaba un traje muy elegante y parecía el hombre de negocios que su padre quería que fuese. Juntos hacíamos una pareja perfecta. Nadie sospecharía que la noche anterior había estado borracha, gritándole a mi jefe. Nadie se daría cuenta de la tensión que había entre nosotros.

–Buenas noches, Alex –murmuró Kit, ofreciéndome su brazo para entrar en el comedor.

Yo lo acepté con una sonrisa e intenté contener el cosquilleo que había en mi estómago.

–Vamos.

El camarero nos dejó solos con la carta y Kill me ayudó a sentarme. Yo le di las gracias con una graciosa inclinación de cabeza y él sonrió mientras tomaba asiento.

–Estás muy guapa con ese vestido, Alex –me dijo.

Su tono no era pícaro, solo pretendía ser agradable, pero a mí me ardieron las mejillas.

–Eres demasiado amable, pero te advierto que no vas a llegar a ninguna parte.

Kit sonrió antes de esconder el rostro detrás de la carta.

–¿Quién ha dicho que quiera llegar a alguna parte?

–Tengo la sensación de que tú siempre tienes un objetivo en mente.

–Esta noche, no. Solo vamos a charlar.

Yo asentí y clavé la vista en la carta, de repente entendía que todas las mujeres de la oficina estuviesen locas por él.

El camarero volvió a tomar nota y nos dedicó la mejor de sus sonrisas.

Pedimos vino tinto, a pesar de que a mí no me gustaba mucho, un aperitivo y los platos, y el camarero se marchó de nuevo. Yo me froté las manos. Por fin estaba en mi salsa.

–He estado dándole vueltas a las críticas que hiciste a mi diseño. Me han gustado mucho tus ideas y, a pesar de que he tenido que hacer muchos cambios, espero que esta vez te guste el resultado.

Kit me miró en silencio y echó la silla hacia delante.

–Me alegro –respondió sonriendo.

Y yo me fijé en sus labios, que había deseado besar la noche anterior. Aparté aquello de mi mente.

–Empezamos con mal pie –añadió–. Y tú tenías razón, soy arrogante. Y quería tener controlada la situación. Quería cobrar fuerza frente a ti y... por eso rechacé tus ideas. Además, sabía que no me lo estabas dando todo.

Aquello me sorprendió.

–¿Qué quieres decir?

–Quiero decir que... eres la mejor, pero sé que podrías darme más.

Me ruboricé.

–Kit... no sé qué decir. Gracias. Me alegro de que me hayas apretado un poco.

Él me miró con timidez. Era la primera vez que me dedicaba aquella mirada.

–Me alegro de que hayas salido reforzada de todo esto. Echaré un vistazo a tu diseño el lunes y después podremos pasar página, ¿te parece?

–Me parece estupendo.

–Gracias, Alex. Sinceramente, además de la empresa, tengo otras cosas en las que pensar. Estoy decidido a demostrarle a mi padre que soy un hombre hecho y derecho. Y, si tú quieres, me gustaría que trabajásemos más juntos. Supongo que ya estoy dispuesto a aceptarte como maestra. ¿Qué me dices?

Su nueva actitud me sorprendió mucho.

Kit me estaba observando, esperando mi reacción. Yo le mantuve la mirada y respiré hondo.

–Pienso que tienes mucho que aprender, pero te voy a ayudar –le respondí en tono de broma, sonriendo para que supiese que no hablaba en serio.

Él sonrió también, se relajó.

–Excelente –me dijo–. Supongo que es el momento de que nos conozcamos mejor.

–Sí. Lo que acabas de decir acerca de demostrarle a tu padre que eres un hombre. ¿Hay algún motivo por el que este piense que no vas a ser capaz de dirigir la empresa?

–Mi padre piensa que soy igual que él y habría preferido que fuese una copia de mi hermano mayor.

Me dijo aquello con toda tranquilidad, como si no le importase, pero supe que no era así. Mis padres siempre me habían tratado a mí con más favoritismo que a Helena, y a mí me disgustaba mucho ver cómo sufría mi hermana por ello.

–¿Te hablas con tu hermano?

–Por supuesto. ¿Por qué?

Yo me encogí de hombros.

–No sé, me preguntaba si competíais entre vosotros.

–Por supuesto, somos dos hombres sanos. Él quiere ser el mejor y yo, también –me respondió Kit con los ojos brillantes–. Admito que me lleva un par de años de ventaja, pero yo quiero demostrarles a él y a mi padre que también valgo mucho.

–Te veo muy decidido –le respondí, sonriendo, pero preocupada al darme cuenta de que me estaba resultando cada vez más atractivo.

–¿Significa eso que de verdad piensas que puedo ser serio en algo en la vida, Alexandra? –me preguntó, guiñándome un ojo.

Yo me eché a reír y asentí.

–Ahora, háblame de ti. ¿Cuáles son tus sueños?

–Bueno, para empezar, me gustaría compartir una cena con mi nuevo jefe sin que me entren ganas de matarlo.

–¿Por qué, señorita Croft? ¿Es un jefe horrible, o es demasiado bueno para ser real? –me preguntó–. ¿Piensas que podréis trabajar juntos en un futuro?

–Bueno, la verdad es que últimamente ha sido encantador conmigo, así que supongo que será posible –le respondí con timidez.

–Vaya, vaya, Alex, si no te conociera, pensaría que estabas coqueteando conmigo –me dijo, inclinándose ligeramente hacia delante.

Yo me incliné también.

Nuestras caras nunca habían estado tan cerca y yo tenía el corazón completamente acelerado.

–En ese caso, menos mal que me conoces bien.

Kit sonrió.

–Eres lo que cualquier hombre calificaría de un

hueso duro de roer. ¿Qué hay que hacer para llegar a tu corazón? ¿Basta con invitarte a cenar?

—Bueno, me gusta conocer a las personas poco a poco —le contesté—, aunque es cierto que tengo ciertas debilidades…

—¿Por ejemplo?

—Las rosas.

—Ah, un clásico.

—Pero no rojas.

Kit se echó hacia atrás en la silla, ya no hablaba en tono de broma.

—¿No?

—Me gustan más negras.

—Tenía que habérmelo imaginado. ¿Por qué negras? Yo sonreí.

—Porque son siniestras a la par que bellas.

—¿Tú tienes un lado siniestro?

—Lo cierto es que no. Parezco más dura de lo que soy en realidad —admití.

—Debí haberlo imaginado —me dijo él en voz baja, casi tierna.

—No sé si tomármelo como un cumplido o como un insulto —le dije riendo.

Kit sonrió con malicia.

—O como ambas cosas. Eres una caja de sorpresas, Alexandra Croft —añadió, sacudiendo la cabeza.

El camarero volvió con el vino y nos sirvió una copa a cada uno. Kit seguía mirándome con una sonrisa en los labios cuando yo levanté la copa hacia él.

—Brindemos por seguir sorprendiéndonos el uno al otro —dijo, chocando su copa contra la mía.

Cuando salimos del restaurante era tarde. Yo me había tomado dos copas de vino y todo me hacía reír, pero no supe si el motivo de mi alegría era el vino o Kit. Este me agarró del brazo mientras nos dirigíamos hacia los taxis que había aparcados delante de un hotel cercano y yo me apoyé en él para no tropezar con los tacones.

–Me parece que el alcohol no es lo tuyo, señorita Croft.

–Estoy totalmente de acuerdo. Me siento como Bambi, incapaz de mantenerme en pie.

–La próxima vez que hagamos esto, beberemos solo agua.

–¿La próxima vez? –le pregunté, deteniéndome a mirarlo.

Kit estaba nervioso de repente, se apartó de mí y se frotó la nuca. Después me volvió a mirar de manera indescifrable y entonces volvió a agarrarme la mano y habló despacio, como si lo que iba a decir fuese muy importante.

–Bueno, como compañeros que somos, podríamos volver a hacerlo. De hecho, deberíamos hacerlo. Por el bien de la empresa, ¿no crees, Alex? –me preguntó mirándome fijamente.

–Por la empresa –repetí yo, con la sensación de que aquella no era una cena de trabajo.

Aquello era como estar con un amigo. Me estaba divirtiendo. Hacía mucho tiempo que no me sentía tan bien.

Kit volvió a soltarme para abrir la puerta del taxi y me sonrió.

–¿Hasta la próxima? –me preguntó en voz baja, mirándome con intensidad.

Y yo, sin saber por qué, me incliné y le di un beso en la mejilla.

–Hasta la próxima –le prometí.

Después me aparté y lo miré a los ojos. Parecía sorprendido y entonces me di cuenta de lo que acababa de hacer.

Él sonrió y yo me humedecí los labios con nerviosismo. Ya me estaba girando cuando levantó la mano y me acarició la mejilla solo un instante, entonces se inclinó y me dio un beso en la mejilla él también. Yo di un grito ahogado y él frotó su nariz contra la mía antes de besarme en la otra mejilla.

Yo me quedé sin aliento. No podía desearlo más. Y aquello no era efecto del alcohol, era por él.

–Buenas noches –me dijo.

Y yo pensé que era el hombre más atractivo que había visto jamás y que me estaba sonriendo a mí.

Me di la media vuelta, desesperada por alejarme de él y recuperar la compostura. Me subí al taxi y le di al taxista mi dirección. Y mi mirada se cruzó con la de Kit mientras me alejaba.

Tenía el estómago hecho un manojo de nervios, nunca me había sentido así.

Capítulo Catorce

¿Cómo está Kit? ¿Ha alcanzado ya su potencial? Todavía estoy esperando tu informe.

El domingo por la mañana, tumbada aún en la cama, parpadeé varias veces al leer el mensaje de Alastair.

No supe qué responder. Kit no había dejado de sorprenderme. Y yo sentía remordimientos porque me había pasado la noche soñando con él.

Está superando todas las expectativas, decidido a hacer lo que es mejor para Cupid's Arrow.

¿Estás impresionada? Ya te dije que había que darle una oportunidad.

Ya veremos.

Sigue informándome.

Exhalé con nerviosismo y volví a dejar el teléfono en la mesita de noche. Sabía que Alastair esperaba que le informase de todo lo que ocurriese en la empresa, pero yo no quería decir nada malo de Kit. Aunque este cometiese un error… Después de la noche anterior, quería ayudarlo. Después de conocerlo un poco mejor, estaba empezando a admirarlo. Sus comentarios acerca del nuevo diseño de la aplicación eran sinceros y certeros. Kit quería que la compañía creciese tanto como yo, o más. Quería demostrar a su padre lo que valía y yo tenía la esperanza de que lo hiciera.

***

Por fin había recogido mi coche de casa de Kit y el lunes, por primera vez en mi vida, no sabía si tenía ganas de ir a trabajar o no. Por una parte, estaba deseando volver a ver a Kit, por mucho que me frustrase la sensación. Por otra, no quería ver a Ben.

Siempre me había sentido segura, aceptada, incluso admirada en Cupid's Arrow, pero esa mañana sabía que me sentiría incómoda cuando me encontrase con Ben.

Al entrar por la puerta Tim y Angela se pusieron a aplaudir. Yo gemí, recordando el fiasco de casa de Kit.

–Bien hecho, Alex –me dijo Tim–. ¡Demostrando que sabes soltarte la melena!

–Vale, suficiente –les dije, echándome a reír.

Cuando todo el mundo hubo llegado, menos Ben, al que no había visto todavía, nos reunimos y les conté que Kit había decidido quedarse con mi diseño, pero con otros colores: antracita y oro, y todos se mostraron contentos.

Alrededor del mediodía llegó Ben, y entonces cambió el ambiente de repente.

–¿Dónde estabas? –le pregunté–. Hemos estado viendo el diseño nuevo… Habría estado bien que estuvieras aquí.

–Tenía una cita –me respondió sin más.

Y yo supe que mentía.

–¿Podemos hablar en privado? –le pedí.

Él se encogió de hombros, sabiendo que era una orden, no una pregunta.

Y todo el mundo nos miró mientras nos dirigíamos a mi despacho. Cerré la puerta y, antes de que Ben se sentase, empecé a hablar.

–Si tienes algún problema personal conmigo, Ben, déjalo fuera del trabajo. Para empezar, has llegado tarde, y después me has faltado al respeto delante de mi equipo. No has sido nada profesional.

Él se echó a reír.

–Lo siento.

Yo fruncí el ceño, sorprendida por su actitud.

–Es solo que… no entiendo que te guste un tipo como él cuando tienes aquí mismo a un hombre que besaría el suelo sobre el que pisas. ¿No te das cuenta de que va a jugar contigo?

–Por última vez, Ben, no voy a…

–¿Qué tiene él que no tenga yo? Soy un buen tipo, Alex, solo tienes que darme una oportunidad para que te lo demuestre.

De repente, me sentí furiosa. ¿Quién pensaba Ben que era?

–¿Sabes qué, Ben? Que creo que ya sé cuál es tu problema. No eres tan buena persona como piensas que eres –le dije con voz calmada–. Estás intentando castigarme porque no quise besarte el viernes y por eso no has venido a la reunión, pero quiero que sepas que te necesito aquí.

Él me miró en silencio, luego apretó los labios y giró la cabeza.

Yo me puse recta, me estiré la chaqueta y lo acompañé hasta la puerta.

–Ahora, a trabajar.

–Espera, Alex.

Yo me giré y le di diez segundos.

–Siento lo que hice. Me puse celoso al ver cómo te miraba y quise marcar mi territorio. Quiero que entiendas que había bebido y que, de verdad, lo siento mucho. Valoro nuestra amistad. Y nuestra relación en el trabajo. Te valoro a ti.

Me di cuenta de que estaba sinceramente arrepentido.

–Mucho mejor –le dije en tono más suave.

–No volverá a ocurrir –me prometió–. Sigo considerándote una amiga y espero que sea mutuo.

–Por supuesto, Ben.

Él me sonrió con tristeza, asintió y salió de mi despacho.

Yo fui a la sala del café, todavía nerviosa por lo que acababa de ocurrir.

–Buenos días, Alex –me saludaron mientras me preparaba un café.

Era Kit. Estaba en la puerta. Llevaba puesto un traje perfecto.

–Buenos días, Kit –le respondí, recordando de repente el beso en la mejilla.

No se había afeitado y estaba todavía más guapo que de costumbre.

Me sonrió.

–¿Has tenido un buen fin de semana?

–Estupendo, gracias. ¿Y tú?

Él asintió y frunció el ceño.

–¿Va todo bien?

Yo me obligué a asentir.

–Por supuesto, como siempre. No hay nada de qué preocuparse.

No quería hablar mal de Ben delante de Kit. Habíamos hecho las paces.

–Bien –dijo él, acercándose a servirse un café.

Su proximidad me embriagó.

–¿Tu equipo no te está dando ningún problema? –insistió.

–Ninguno que no pueda resolver yo –le aseguré–. Normalmente no pierdo el control.

–Me alegra saberlo.

–Al equipo le ha encantado el diseño nuevo –le conté.

A él le brillaron los ojos un instante, como si quisiera contarme algo más.

–Excelente noticia –me dijo, dando un sorbo a su café–. ¿Ben acaba de llegar?

–Sí, así es.

–¿No ha estado en la reunión?

–No.

Me sorprendió que se hubiese dado cuenta. En realidad, no se le escapaba nada.

–Me ha dicho que tenía algo que hacer. Está todo bien.

–Me alegro. Luego te llamaré para hablar del diseño, señorita Croft.

–De acuerdo, señor Walker –respondí en tono de broma.

Pero al ir hacia la puerta me pregunté si serían celos lo que había creído ver en los ojos de Kit.

Capítulo Quince

El jueves por la noche recibí un mensaje de Kit invitándome a cenar a su casa el viernes para hablar del trabajo.

Me dije que no podía ir.

Porque la última vez había tenido la sensación de que no era una cena de trabajo.

Y porque yo quería más. Después de haberle dado un beso en la mejilla, había soñado con él toda la noche.

Me sentía demasiado atraída por Kit y necesitaba mantener las distancias. Así que pensé que lo primero que haría por la mañana sería declinar su invitación. En persona. Y, no, aquella no era una excusa para ir a verlo.

Al fin y al cabo, me sentía incómoda y nerviosa cuando tenía a Kit cerca, cosa que nunca me había ocurrido con Alastair.

Llegué temprano al trabajo y mis compañeros volvieron a vitorearme por haberme desmelenado el fin de semana anterior. Llevaban toda la semana haciéndolo.

–No me lo recordéis durante el resto de mis días –les pedí, poniendo los ojos en blanco.

Y luego me dirigí a mi despacho para ponerme a trabajar.

Kit no llegó hasta después de las nueve y yo esperé hasta las diez para ir a verlo.

Estaba muy concentrado, con la vista clavada en la pantalla del ordenador.

–Buenos días, Kit.

–Hola, Alex. Estaba repasando los gastos de la empresa. ¿Has venido a rescatarme?

Yo sonreí.

–En realidad… he venido a decirte que no puedo cenar esta noche.

Kit arqueó las cejas.

–¿Tienes un plan mejor?

–No… Es que… no estoy segura de que sea buena idea. Después de lo ocurrido la semana pasada, no quiero que nadie de la empresa piense mal.

–Venga, Alex, es solo una cena de trabajo.

Yo me ruboricé.

–Lo sé, pero la última cena de trabajo…

Él se quitó las gafas y se puso en pie, rodeó el escritorio para acercarse a mí.

–Soy tu jefe y te pido que cenes conmigo –me dijo en tono de broma.

–Pues despídeme –le respondí con una sonrisa.

Kit puso los ojos en blanco e hizo una mueca.

–Cenaremos temprano. Ven solo una hora.

–No pienso que…

–Venga, Alex. Accediste a ayudarme. Quiero que veamos juntos lo del nuevo diseño. No te robaré mucho tiempo. ¿Qué me dices?

Yo dudé.

Tenía que admitir que me sentía muy vulnerable cuando tenía cerca a Kit.

Tenía muchas razones para no cenar con él, pero

también quería pasar más tiempo a su lado. Me había ofrecido a ayudarlo y no podía dar marcha atrás.

Suspiré.

–Supongo que si es solo una hora…

Kit sonrió y volvió a su sillón.

–Sabía que entrarías en razón.

–Cómo no, pretendo conservar mi puesto.

Kit sonrió, tomó un lapicero y mordió el extremo. Era la viva imagen de un colegial travieso.

–Me alegro mucho de que vayas a venir –me dijo.

Yo asentí y salí del despacho. Cerré la puerta y respiré hondo. Tenía la sensación de llevar un buen rato sin respirar. Sonreí y volví a mi despacho. Sabiendo que iba a ver a Kit por la noche, el día se auguraba mucho mejor.

Me probé diez vestidos diferentes antes de salir de casa. De hecho, había estado más rato preparándome del que estaría en casa de Kit.

Aquello era ridículo. Era solo una cena de trabajo, no una cita.

Al final me decidí por un recatado vestido azul marino, me peiné y me maquillé rápidamente y salí de casa sin mirarme al espejo.

Me pregunté por qué tenía que ser Kit tan guapo y deseé poder volver a odiarlo.

Al llegar a su casa me di cuenta de que solo había aparcado un Range Rover blanco, de Kit.

Esperé unos minutos en el coche, casi con la esperanza de que me enviase un mensaje para cancelar la

–Quería celebrar tu visita de una manera especial.

Yo no respondí. Tenía el corazón acelerado y me sentía aturdida. El olor de las rosas era demasiado fuerte y yo tenía la sensación de haber muerto y estar en el cielo.

Kit se detuvo muy cerca de mí. Olía un poco a sudor, como si todo aquello le hubiese supuesto un gran esfuerzo.

–Te deseo –me dijo en voz baja.

–Y yo a ti –le respondí con una voz que no era mi voz.

Kit me pasó un dedo por las cejas, bajó por la mejilla y se detuvo un instante en la barbilla antes de pasar al cuello.

Al llegar al hombro, me bajó un tirante del vestido y me dio un beso allí. Fue horrible. Yo quería que me besase en los labios. No podía desearlo más.

Pasó la boca por mi mandíbula, dándome pequeños besos, como susurros que acariciaban mi piel.

Me agarró por las caderas y yo deseé apretarme contra él, pero me contuve porque sentí que aquel era un momento demasiado tierno y me daba miedo estropearlo y despertar de un maravilloso sueño.

–Kit… ¿por qué has hecho todo esto? –le pregunté por fin. Necesitaba saberlo.

–Quería hacer algo especial para ti. Que pasásemos un rato a solas. Y… necesitaba verte.

Yo sonreí.

–Sé que no empezamos bien… –continuó él.

–Sí –murmuré, sintiéndome bien, sintiendo que aquello era lo que teníamos que hacer.

Cuando sus labios llegaron a los míos, suspiré, y nuestros cuerpos se tocaron por fin.

Kit me apretó contra la puerta mientras sus manos exploraban cada centímetro de mi cuerpo y su lengua se entrelazaba con la mía, primero despacio y después cada vez con más frenetismo.

Puso una mano debajo de mi rodilla y me levantó la pierna para que lo abrazase por la cadera. Me mordisqueó el lóbulo de la oreja y yo gemí. Se detuvo un instante y me miró. Nos quedamos inmóviles, mirándonos a los ojos, como si todo el mundo se hubiese detenido a nuestro alrededor. Intenté pensar si el sexo había sido así con otros hombres, si ya me había sentido antes igual.

Nunca.

—Hace una noche preciosa… —murmuró Kit, volviendo a rozar su nariz contra la mía—. ¿Vamos fuera?

Yo asentí, todavía aturdida. Sus movimientos volvieron a ser suaves. Me aparté de él y eché de menos su cuerpo al instante.

«Me desea», pensé, aturdida, maravillada. Y ciega de deseo por él también.

Kit me tomó la mano y me guio a través de la casa. El aire fresco de junio golpeó mi piel sudada y me hizo sentir aliviada. Al fin y al cabo, sabía que pronto volvería a sentir mucho calor.

El sol estaba empezando a ponerse y se reflejaba en la piscina. El ambiente era muy romántico. Kit se giró hacia mí con los ojos brillantes. Me soltó la mano y se sentó en una tumbona. Luego me hizo un gesto para que me acercase mientras él se tumbaba, pero yo quería controlar la situación. Tal vez en el trabajo fuese mi jefe, pero aquel era otro ambiente.

Negué con la cabeza.

Él me miró con curiosidad mientras me quitaba los zapatos y avanzaba a pequeños pasos en su dirección. Me pasé una mano por el cuerpo, me toqué la cara, los pechos, las piernas, y después me bajé la cremallera del vestido muy despacio. Kit me observó con los labios ligeramente separados, subiendo y bajando la mirada, sin saber dónde parar.

Yo sonreí. Iba a enseñarle dónde mirar.

Me bajé los tirantes y dejé caer el vestido, quedándome solo con un tanga negro. Vi cómo Kit tomaba aire mientras yo me metía la mano por debajo del encaje para provocarlo todavía más.

Después de años de malas experiencias con los hombres, había aprendido a darme placer sola. Estaba muy húmeda ya antes de empezar a acariciarme el clítoris. Kit me miró fijamente y se quitó la chaqueta y la camisa, y los zapatos también. Yo me acerqué más.

Me senté encima de él sin sacar la mano de entre mis muslos y me froté contra su cuerpo, haciéndolo gemir. Él me acarició los pechos con una mano mientras con la otra me agarraba de la cadera. Nos miramos a los ojos y decidí darle más. Me mordí el labio inferior y me moví más deprisa contra su erección. Él me dio un beso y yo cerré los ojos.

De repente, me tumbó boca abajo y me besó el pecho, siguió bajando por mi cuerpo.

–No puedo permitir que seas tú la que hagas todo

el trabajo –murmuró sonriendo mientras agarraba mi tanga con los dientes y me lo bajaba.

Entonces me pasó la lengua caliente por el sexo. Yo cerré los ojos y disfruté. Me mordisqueó el clítoris y sentí un escalofrío, gemí. Él se acercó todavía más, me sujetó las caderas con ambas manos y profundizó la caricia. Yo no estaba acostumbrada a aquello, pero me encantó.

Y cuando quise darme cuenta estaba al borde del abismo. Gemí al llegar al primer orgasmo e incliné la cabeza hacía atrás, pero Kit no me dio tiempo a recuperarme. Oí cómo se quitaba el cinturón y lo vi temblar mientras se ponía en pie.

Yo alargué las manos hacia su cuerpo.

–Te deseo –le dije, admirando su maravilloso cuerpo.

Él se quitó los pantalones y la ropa interior y dejó al descubierto una impresionante erección.

Me humedecí los labios mientras se colocaba entre mis muslos. Aquello ya no era un juego. Era lo que ambos queríamos. Hizo que lo abrazase con las piernas por la cintura y se puso un preservativo. Me penetró y gemí de nuevo. Volví a gemir cuando retrocedió. Y gemí todavía con más fuerza cuando volvió a mí.

–Kit.

–Todo va bien, Alex, mi bella y fuerte Alex. ¿A quién deseas?

–A ti.

Le acaricié la espalda y le clavé las uñas en ella mientras se movía en mi interior.

Enseguida me di cuenta de que Kit era un experto

en aquello y me hizo ver las estrellas al llegar al segundo orgasmo. En esa ocasión fue tan intenso que grité su nombre sin darme cuenta. Él gimió también el mío y enterró la cabeza en mi cuello.

Yo separé más las piernas y él se enterró completamente en mí. Sus movimientos eran cada vez más rápidos y urgentes. Y nos miramos a los ojos como si no existiese en el mundo nada más que nosotros dos.

Noté que Kit llegaba al orgasmo y cerré los ojos para dejarme llevar yo también. Entonces bajó la mano a mi clítoris y me hizo alcanzar el clímax por tercera vez.

Siguió dentro de mí, nuestros cuerpos eran uno solo.

Con el corazón desbocado pensé que hacíamos una pareja perfecta.

Unos segundos después, Kit me ayudó a cambiar de postura para que me tumbase a su lado, nuestros cuerpos pegados.

–Perdóname –me dijo en voz baja, frunciendo el ceño al tiempo que sonreía–. Mereces una cama, señorita Croft.

–No la necesito, pero si insistes –le respondí.

Me sentía bien. La forma de mirarme de Kit me hacía sentir todavía mejor. Pasé los dedos por sus fuertes hombros.

–Vamos dentro.

Me levantó en volandas como si fuese una niña pequeña y yo reí cuando me volvió a dejar en el suelo para que recogiese la ropa.

–Tal vez nos haga falta después –comenté.

Él volvió a tomarme en brazos, con la ropa en el regazo, y yo lo abracé por el cuello. Hacía mucho tiempo que no me sentía tan mimada, tan cuidada por alguien.

–Eres todo un caballero –comenté.

«Es la primera vez que te sientes así, Alex».

Aquello me confundió. Lo que estaba sintiendo en aquellos momentos era tan fuerte que ni siquiera sabía lo que era. Estaba nerviosa y me sentía culpable por lo que acababa de hacer con el jefe y, no obstante, había aquella otra sensación, como de libertad.

–Hay muchas cosas que no conoces de mí –me dijo Kit con voz ronca–. Y es mejor que las aprendas por experiencia que haciendo caso a los rumores que rondan por ahí.

–¿Como qué?

Él se quedó pensativo un instante.

–Que soy caballeroso, por ejemplo.

–¿Estás seguro? –le pregunté, fingiendo incredulidad–. Eso no se lo había oído decir a nadie.

Él torció el gesto.

–No había encontrado a la mujer adecuada para sacar esa faceta de mí.

–Ya –reí.

Me llevó a la cocina y me dejó en uno de los taburetes que había delante de la encimera. Tomó la ropa y la dejó en el sofá que había en el salón contiguo y después desapareció. Volvió vestido con un pantalón de pijama de seda negra y me ofreció un mullido albornoz para que me cubriese yo también.

106

Me lo puse y paseé por la cocina, fingiendo no sentirme impresionada con su atlético cuerpo.

–¿Qué vamos a hacer?

–Te he invitado a cenar, ¿no? –me respondió, sacando una botella de vino blanco de la nevera.

–No me puedo creer que tú cocines –le dije, leyendo la etiqueta de la botella, impresionada con la elección.

–No –admitió sonriendo–, pero se me da muy bien contratar a cocineros.

Me señaló la mesa del comedor con la barbilla y yo tomé asiento mientras él llevaba dos platos y se sentaba en la cabecera, a mi lado.

Sirvió el vino y cenamos una pasta que estaba deliciosa. Reímos mucho y yo fui consciente de que Kit sacaba a la mujer coqueta que había en mí.

Me sentía relajada, habría podido quedarme allí eternamente, pero no podía. Aquello era algo puntual, no podía durar.

No obstante, lo disfruté.

Y admiré los planes que Kit tenía para Cupid's Arrow. Pensé que tal vez lo había juzgado de manera equivocada. Tal vez fuese una persona más relajada que yo, pero también era inteligente y tenía buen corazón. Incluso me gustaba su sentido del humor. Y el modo en el que el pelo le caía sobre la frente. Me gustaba que me tratase con respeto, lo mismo que a su padre. Pensé que él también sería un buen padre algún día, y la idea me hizo sonreír.

–¿Por qué sonríes? –me preguntó.

Yo dejé escapar una carcajada para hacer tiempo, porque no se lo iba a contar.

–Porque cada día me sorprendes más. Veo que estás empezando a ir por el buen camino a la tierna edad de…

–Tengo veintisiete años.

–Ah.

–Ah, ¿qué?

–Que yo tengo veinticuatro, pero te gano en experiencia.

–En experiencia laboral, tal vez, pero no creo que me ganes en experiencia vital. Estoy seguro de mi vida sexual ha sido mucho más intensa que la tuya.

–¡Kit Walter! No creo que puedas quejarte de lo que acaba de ocurrir –le dije, ruborizándome.

–En absoluto. Solo que… –me respondió él, sonriendo con malicia.

–¿Qué?

–Que todavía no he terminado contigo, señorita Croft.

Me acarició la mano por encima de la mesa y sirvió más vino.

Yo me puse nerviosa, ansiosa por volver a sentir sus caricias

Kit llevó los platos al fregadero y, cuando me quise dar cuenta, había entrelazado sus dedos con los míos y me estaba llevando a su habitación.

Capítulo Diecisiete

Desperté sola en una enorme cama y miré a mi alrededor. Tardé un par de segundos en darme cuenta de dónde estaba. En la habitación de Kit. Y entonces recordé todo lo ocurrido la noche anterior.

Sonriendo, salí de la cama y me metí en la ducha, donde me pasé cinco minutos fantaseando acerca de la víspera mientras me enjabonaba el cuerpo y el cabello. Después salí y me envolví en una toalla.

Vi mi ropa doblada en la mesita de noche, me vestí y tomé los zapatos de tacón.

Bajé descalza a la cocina y vi a Kit sentado frente al ordenador en el salón. El corazón me dio un vuelco al verlo despeinado y deseé enterrar los dedos en su cabellera morena.

Tenía el pecho desnudo y el pelo todavía mojado.

Él levantó la vista y sonrió.

–Buenos días, señorita Croft –me dijo, poniéndose en pie–. ¿Tienes hambre? Es casi la hora de comer...

Yo me ruboricé.

–Buenos días, señor Walker. Sí, lo cierto es que tengo hambre. Podría cocinar algo para los dos. Tal vez una sopa.

–Me parece bien.

Intenté no mirar su pecho desnudo mientras sacaba los ingredientes de la nevera.

Lo dejé todo en la encimera e intenté mantener la calma. Por suerte, había ingredientes suficientes para preparar algo decente.

Kit se acercó sin apartar la mirada de mí.

—Pareces nerviosa. ¿Por qué? —me preguntó en voz baja y ronca.

Yo negué con la cabeza, pero después asentí, confirmando sus sospechas. ¿Cómo iba a decirle que no podía dejar de pensar en él? ¿Que lo deseaba más que a ningún otro hombre en toda mi vida?

No podía.

—Supongo que no sé muy bien qué es lo que está pasando aquí.

Él se mordió el labio un instante.

—Yo tampoco, pero no tiene sentido intentar evitarlo, ¿no?

Yo me encogí de hombros.

—Supongo que no.

—Quiero hablarte de muchas cosas… Me gustaría terminar el diseño final y poner a prueba la aplicación la semana que viene. Quiero que todo el mundo en la oficina se abra un perfil y mande mensajes…

—¡Me encanta la idea! —admití.

De repente, me sentía entusiasmada. Sentí que me ardían las mejillas, sonreí.

Y miré a Kit a los ojos.

—No sé cómo no se me había ocurrido a mí antes.

—Eso nos ayudará a lanzarla después al público con más seguridad. Y a evitar errores.

–Estoy deseando hacerlo.

–Yo también –admitió Kit, dándome un abrazo.

Y yo le dejé que me abrazase porque necesitaba que alguien me confirmase que aquello era real. Que aquella era mi vida. Aunque supiese que no debía estar así con mi jefe.

Y, no obstante, no fui capaz de apartarme de sus brazos.

Ambos estábamos sonriendo cuando por fin retrocedí.

–Podemos descargarla ahora mismo. Te lo iba a contar anoche antes de que ambos nos dejáramos llevar –añadió.

–¿Ya está preparada para descargar?

–Sí –dijo él, sacando el teléfono–. La tengo aquí mismo. Todavía hay que cambiar el diseño, pero la parte técnica casi está terminada. Mira, te voy a enviar el enlace.

Busqué mi teléfono, hice clic en el enlace y me descargué la aplicación.

Ambos creamos un perfil sin dejar de bromear. Kit puso de nombre KW, yo, AC.

–Mándame un corazón –me pidió.

Y se lo envié.

De repente, mi aplicación pitó.

KW te ha enviado un corazón.

Yo sonreí.

–Ahora, mándame un mensaje –me dijo Kit.

Y obedecí: *Prueba.*

Kit leyó mi mensaje y frunció el ceño, pensativo, como si hubiese esperado otra cosa. Después sonrió y dejó el teléfono.

–Habrá que probar la versión beta primero –me dijo.

Yo sonreí de oreja a oreja.

–Qué bien.

Volví a la encimera para ponerme a cocinar.

Me alegraba mucho de no haber hecho ningún comentario negativo acerca de Kit a Alastair. Todo iba bien. Tal vez no supiésemos lo que había entre nosotros, pero ambos éramos adultos y, mientras supiésemos separar lo personal del trabajo, podía seguir así.

Llevé los vegetales al fregadero para lavarlos y Kit me siguió. Me observó como si fuese la primera vez que veía a alguien cocinar.

–Suelo hacer esto cuando estoy enferma.

–¿Y dónde aprendiste a cocinar? ¿De tus padres? Mi madre no cocinaba nunca y mi padre es un desastre.

Yo me eché a reír.

–¿Y quién cocinaba en tu casa? ¿Teníais cocinera?

Él asintió y yo decidí cocinar para él siempre que pudiese.

–En mi caso, como ya te conté, mis padres pasaban todo el día trabajando, aunque eso no significa que ganasen dinero suficiente para tener empleados en casa. Así que fui yo quién crio a mi hermana Helena. Por desgracia, no soy buena cocinera, pero al menos lo intento. ¿Tu hermano tampoco cocina?

–No, además, no tenemos mucha relación. Él también se dedica solo a trabajar y a cumplir las normas. A mí me encanta transgredirlas, eso lo vuelve locos.

–Sois polos opuestos –reí.

–Somos muy distintos, sí. Su madre pertenece a la alta sociedad, la mía… Papá la conoció en el Platinum, un club de striptease de Londres –me contó, sonriendo con tristeza.

Era la primera vez que yo hablaba de mi familia de manera tan abierta con alguien, y tuve la sensación de que a Kit le ocurría igual.

–Yo también me paso trabajando –le confesé–. Antes me parecía que era lo que debía hacer, pero después de ver a mis padres y de conocerte a ti… ya no estoy tan segura. Hasta ahora también he estado haciéndolo por mi hermana, Helena.

–¿Qué pasa con Helena?

–Soy yo quien paga sus estudios. Mis padres nos animaron a vivir nuestra vida cuando terminamos la secundaria. Piensan que uno se esfuerza más así. No obstante, Helena es mi hermana y quiero darle todas las oportunidades posibles para que tenga éxito. Supongo que por eso trabajo tanto.

–Pues eso no puede ser, Alexandra –me dijo, mirándome con preocupación.

Yo me ruboricé, me sentí vulnerable.

–Eh, me gusta trabajar –le dije–. No me trates como si fuese frágil o me enfadaré. Y no vas a querer verme enfadada.

Le saqué la lengua de broma.

Él rio.

–Mi pelirroja salvaje.

Yo sonreí con timidez.

–Te debo esta sopa desde el día que me trajiste a la cama la limonada de tu madre. Creo que fue en ese momento cuando me di cuenta de que me estabas empezando a gustar.

–Pero no te llevé la limonada esperando nada a cambio, Alex.

–Lo sé. Gracias por ayudarme a sentirme mejor. Fue muy noble por tu parte. Y esa es una de las cosas que admiro y… aprecio de ti.

Kit se quedó en silencio un instante, mirándome. Entonces, cambió de tema.

–¿Sabes que te pones muy sexy cuando cocinas? –me preguntó con voz ronca.

A mí se me aceleró el corazón, pero intenté que no se me notase.

–Si solo estoy cortando verduras –le dije, blandiendo el cuchillo–. ¿Quieres jugar conmigo?

Él se sentó en la encimera, a mi lado.

Yo sonreí.

Él me apartó un mechón de pelo de la cara.

–Tal vez me guste todo lo que haces.

Yo seguí cortando verdura.

Kit se bajó de la encimera y me agarró por la cintura. Dejé el cuchillo en la encimera y bajé la vista a sus labios.

Entonces lo besé apasionadamente y me aferré a él con fuerza. Nos tambaleamos juntos y yo volví a sentirme viva. Olvidé todo lo ocurrido últimamente y me perdí en sus caricias.

Kit se apartó y me miró.

–¿Te parece bien esto?

Yo asentí.

–Es lo que había estado esperando.

Él me abrazó y me besó. Y yo lo empujé para que se sentase en una de las sillas de la cocina y me senté encima de él. Kit sonrió y dejó que tomase yo las riendas.

Noté que perdía el control, pero no me importó. Solo quería estar con él.

Me apreté contra su erección y deseé desesperadamente tenerla en mi interior y llegar al orgasmo a la vez que él.

Kit me agarró con fuerza del trasero, guiándome mientras me movía contra su cuerpo. Gimió y me desató el albornoz para acariciarme los pechos. Yo gemí mientras la prenda caía a mis pies.

–Alex… –me dijo, devorándome con la mirada, tocándome con delicadeza y ternura, como si estuviese haciendo el amor por primera vez.

–No hace falta que tengas tanto cuidado conmigo –le dije.

Kit me miró a los ojos y sonrió.

Entonces me levantó y me sentó en la mesa. Se quitó los pantalones y me separó las piernas.

Yo lo abracé por la cintura y me incorporé para darle un beso. Y él volvió a levantarme en volandas y subió las escaleras para llevarme de vuelta al dormitorio.

En su habitación, sentí una especie de nostalgia al pensar en el momento en que saliese de allí. Había pasado noches soñando con sus besos y sus caricias y por fin estaba allí, pero me parecía demasiado bueno para ser verdad.

Caímos sobre la cama juntos y Kit se frotó contra mí.

–Si sigues así, no voy a durar mucho –le advertí.

Él me miró con malicia.

–Pídemelo por favor.

Yo fruncí el ceño y lo empujé. Kit no protestó al ver que me colocaba encima y enseguida apoyó las manos en mis pechos.

–Así que te gusta así…

Yo asentí.

Kit me miró con deseo. Se sentó e introdujo un dedo en mi sexo. Yo me apreté contra él y entonces metió dos dedos más para acariciarme más profundamente. Yo lo agarré del pelo y le aparté la mano. Volví a empujarlo y me senté a horcajadas sobre él. Estaba cansada de esperar. Quería llegar al orgasmo.

–¿Tienes preservativos? –le pregunté casi sin aliento.

Kit alargó el brazo y sacó un paquete de la mesita de noche. Lo abrió y yo saqué uno y se lo puse. Me coloqué encima de él y le acaricié el pene con suavidad. Él se estremeció, pero no apartó la mirada de mis ojos.

–Pensé que iba a ser yo quien tuviese que hacer más esfuerzo…

Yo le sonreí.

–Luego.

Y antes de que le diese tiempo a responderme, hice que entrase en mí. Gimió de placer mientras me movía sobre su cuerpo y yo pensé que hacía mucho tiempo que no me comportaba de manera tan salvaje, pero me salía de manera natural.

No me había sentido tan viva en mucho tiempo.

Llegamos al orgasmo a la vez y después nos quedamos tumbados en la cama. A mí me temblaban las piernas.

–Con tanta distracción, no sé si voy a terminar de preparar la sopa –comenté.

Kit me mordisqueó el cuello.

–Pero ha merecido la pena –me respondió él.

Me besó y yo cerré los ojos y suspiré.

Capítulo Dieciocho

No había podido dejar de pensar en él ni un segundo desde que había vuelto a casa el domingo por la tarde.

Alastair me envió un mensaje por la noche.

Alex. ¿Alguna novedad?

Yo lo leí y suspiré. Deseé poder ignorarlo, pero no podía. No quería hablar de Kit, me estaba enamorando de él y me sentía fatal.

Pero Alastair seguía siendo el propietario de la empresa y yo todavía tenía que pensar en Helena, así que marqué su número y le hice un breve resumen, le conté que Kit me había hecho algunos comentarios acerca de mi diseño y que yo iba a aplicar los cambios.

–Entonces, ¿te han gustado sus sugerencias? –me preguntó Alastair, mostrándose complacido.

–Mucho. Vamos a hacer una prueba esta semana, cuando Kit dé su aprobación del diseño final –le conté.

–¡Excelente! ¡Excelente! –me respondió Alastair–. Sabía que lo conseguirías, Alex. Sé que Kit no es fácil de llevar, pero tú puedes ayudarlo.

–Es… testarudo, sí, pero no hay que perder la esperanza –comenté, sonriendo al pensar en él.

–Bien. ¿Algo más?

–No, nada más.

Hubo un silencio y entonces Alastair añadió:

—Por eso eras mi favorita, porque siempre podía contar contigo.

—Gracias, Alastair.

Colgué el teléfono con el corazón encogido. Estaba traicionando la confianza de Alastair al acostarme con Kit. Y me estaba traicionando a mí misma.

El lunes estaba nerviosa cuando llegué al trabajo. Kit tenía que aprobar el diseño final y yo no sabía qué ocurriría cuando volviésemos a vernos. ¿Habría sido lo nuestro una aventura de una noche? ¿O habría estado pensando en mí tanto como yo en él?

Intenté apartar aquello de mi mente y saludé a mi equipo.

—Buenos días. Kit va a dar hoy su aprobación del diseño. Vamos a echarle un vistazo, ¿de acuerdo?

Nos reunimos alrededor de la mesa.

—¿Ha llegado ya Ben?

—Aquí estoy —respondió este desde la puerta, acercándose con una sonrisa.

Yo sonreí también, aliviada al ver que habíamos pasado página.

Ellie se colocó a mi lado.

—¿Ha ocurrido algo? —me preguntó en voz baja.

—¿Por qué me lo preguntas? —dije yo, fingiendo sorpresa.

—Porque te has ruborizado al nombrar a Kit y no has respondido a mis mensajes durante el fin de semana.

–Estás alucinando. He estado ocupada trabajando en esto –murmuré.

Estaba deseando contarle a alguien lo ocurrido durante el fin de semana, pero una parte de mí me decía que fuese cauta. Y otra estaba preocupada por lo que estaba empezando a sentir por el jefe.

Jamás había pensado que era de las que se acostaban con el jefe.

–Buenos días.

Levanté la vista al oír la masculina voz de Kit, que entró en la habitación tan guapo como de costumbre.

–Buenos días, señorita Croft –añadió, clavando sus ojos ambarinos en los míos.

A mí se me cortó la respiración.

–Espero que todos hayáis tenido un buen fin de semana –continuó, mirando a todo mi equipo.

–Maravilloso, respondí yo en tono profesional–. Hemos empezado la semana con una buena noticia, el nuevo diseño está listo para tu aprobación.

Kit se acercó a mí y sentí el calor de su cuerpo.

Miró hacia la pantalla y se cruzó de brazos. El diseño, en tonos antracita y dorado, era muy elegante, atemporal.

–He añadido unas flechas a la *w* final. ¿Te gusta? –le pregunté.

–Mucho. Me gusta mucho –me dijo, mirándome a mí–. Un trabajo excelente.

Después miró al resto de los miembros de mi equipo y les dio la enhorabuena.

De repente, el alivio se pudo respirar en el ambiente. Durante la siguiente media hora hablamos del lanzamiento y de otros detalles y cuando la reunión terminó Kit me tomó la mano y me la apretó cariñosamente.

–Bien hecho.

Yo miré a mi alrededor para comprobar que nadie se había dado cuenta de aquel gesto, pero no era así.

–¿Me acompañas a los ascensores? –me preguntó Kit, girándose para salir.

Yo asentí bruscamente, consciente de que Ben nos seguía.

–Te veré esta noche en mi casa –me dijo Kit sonriendo.

–Sí, esta noche, para hablar de trabajo, por supuesto –balbucí yo, consciente de la presencia de Ben.

Kit asintió y me sonrió antes de entrar en el ascensor.

Ben se aclaró la garganta.

–¿Ahora sois amigos? –me preguntó.

–Sí. Es lo mejor, que todos nos llevemos bien.

–Por supuesto –me respondió él en tono amable.

Y yo pensé que ojalá el problema que tenía con Kit fuese tan fácil de resolver.

Pasé el resto del día en tensión, pensando en la invitación de Kit. A las tres de la tarde, como no había tenido noticias suyas, decidí mandarle un mensaje: *¿Cuál es el plan para esta noche? ¿Dónde quedamos?*

¿En mi casa sobre las 7? Trae traje de baño. O no ;-)

Es usted demasiado directo, señor Walker.

Soñar es gratis, señorita Croft.

Sonreí y me guardé el teléfono en el bolso.

Y una vez en casa me di una ducha y me puse la crema de olor a pera y vainilla más deliciosa que tenía. Tomé un traje de baño e hice una pequeña bolsa de viaje. Me pregunté si también debía llevar pijama. «De eso nada, Alexandra Croft. Todavía no sabes qué hay entre vosotros».

Me sequé el pelo rápidamente y me puse un sencillo vestido de tirantes blanco. Satisfecha con mi aspecto, cerré la puerta de casa y fui a la de Kit.

Este estaba hablando por teléfono cuando llegué. Todavía llevaba puestos los pantalones del traje y la camisa y la chaqueta estaba encima del respaldo del sofá. Sus ojos brillaron al verme llegar.

Y yo me alegré de haberme puesto el vestido blanco.

–Papá, tengo que dejarte –murmuró al teléfono, haciéndome un gesto para que me acercase–. Me ha surgido algo. Me alegro de que estés satisfecho con mi trabajo.

Alastair debió de preguntarle algo.

–¿La señorita Croft? –dijo Kit arqueando las cejas–. Nos estamos llevando muy bien.

Sonrió y colgó el teléfono.

–Hola –dijo, acercándose–. ¿Salimos a la piscina?

–Perfecto. ¿Hay algún lugar donde pueda cambiarme?

–En la habitación de invitados, o en la caseta de la piscina. O en mi habitación…

Volvió a sonreír con nerviosismo y yo lo comprendí, también estaba nerviosa.

–La caseta de la piscina está bien –le respondí, saliendo delante de él.

Me puse el bikini negro con cintas rojas que había llevado y me pasé tres minutos mirándome al espejo.

–Está bien, Alex, relájate. No es una situación de vida o muerte. Sal ahí y diviértete –me susurré.

Salí y el sol me cegó. Kit estaba ya en una tumbona, con el pecho al descubierto y un bañador azul turquesa puesto. Llevaba gafas de sol, cosa que lamenté, porque me hubiese gustado ver su mirada.

Me detuve al borde de la piscina, sin saber qué hacer.

–¿Y bien, Walker? –le provoqué–. ¿Nos bañamos o nos bañamos?

No esperé a su respuesta. Me lancé al agua cual bola de cañón.

Nada sexy.

Pero al menos ya no estaba delante de Kit en bikini.

Estaba resurgiendo cuando oí un chapoteo y al abrir los ojos vi a Kit buceando hacia el centro de la piscina. Llegó a mi lado, me abrazó y ambos salimos a la superficie.

Tomé aire al llegar arriba y reí. Kit me apartó el pelo de la cara, sonriendo. Luego sumergió la cabeza en el agua y se echó el pelo hacia atrás.

Era muy guapo.

Y estaba muy cerca. Me fijé en las gotas de agua que todavía había en sus pestañas, en su nariz, en sus cejas. Deseé besar cada una de ellas, limpiárselas con la lengua. Bebérmelas.

–Hola de nuevo –me dijo él.

Yo sonreí.

–Hola –le respondí con timidez, nerviosa, feliz, lujuriosa.

Impulsivamente, le salpiqué. Él se apartó y se echó a reír.

–¿Así que eso quieres?

Y arqueó una ceja antes de atacarme como un tiburón. Yo nadé todo lo deprisa que pude, pero era demasiado rápido para mí. Me apresó contra el bordillo y apoyó la frente en la mía.

Nuestros labios se unieron, acarició mi lengua con la suya. Me estremecí, pero no tenía frío.

Él profundizó el beso, como si llevase todo el día esperando aquel momento.

Se apartó y me dijo:

–Llevaba horas necesitando hacer esto.

–¿Desde cuándo…? –le pregunté, porque necesitaba saberlo.

–Desde que te conocí –me confesó él, acariciándome la mejilla.

Y me volvió a besar.

Pasamos la tarde robándonos besos, nadando, tumbados y compitiendo a ver quién se tiraba mejor de cabeza.

Tomamos una copa dentro del agua y hablamos de la aplicación, de la fecha de lanzamiento. Y durante un silencio, Kill me abrazó y me besó de nuevo.

–¿Qué estamos haciendo, Kit? –le pregunté.

–¿Qué quieres decir?

Me miró a los labios como si quisiese devorarlos de nuevo.

–Quiero decir… que qué estamos haciendo. ¿Tiene

un nombre esto? No podemos salir juntos. Al menos, sin que se entere todo el mundo. Entonces, ¿qué estamos haciendo?

–Podemos salir juntos, Alex –me dijo él, frunciendo el ceño, confundido, como si no le gustase la idea de que no pudiésemos–. Qué nos importa que a los demás no les guste.

Tomó mi rostro con ambas manos antes de continuar.

–Somos adultos. No permitiremos que lo nuestro interfiera con el trabajo.

–No es tan sencillo, Kit. Además, si saliésemos juntos… ¿Qué pasaría después, cuando nos cansásemos? ¿Me despedirías cuando quisieses deshacerte de mí?

–¿Qué te hace pensar que voy a cansarme de ti?

Kit apretó los dientes y apartó la mirada, como si la idea lo molestase. Después volvió a mirarme y frotó su nariz contra la mía.

–Te deseo, Alex. No podría desearte más.

–Y yo a ti, pero… estoy preocupada.

–No te preocupes. Al menos, por mí. Ni por esto.

Me sacó de la piscina y me llevó a la tumbona.

Nos tocamos con las manos todavía mojadas. Kit me quitó el bikini.

–Mírate, Alex –me dijo.

–Kit –gemí yo, desesperada por tenerlo más cerca.

Le quité el bañador de un tirón y lo empujé en la tumbona para sentarme encima.

Él gimió cuando me coloqué sobre su erección y empecé a moverme frenéticamente.

Y después me subió a su habitación. Yo me estaba secando por última vez cuando apareció él con una toalla alrededor de la cintura y el teléfono en la mano.

–Se supone que tenemos que hacer las pruebas beta de la aplicación.

Yo me metí en la cama completamente desnuda y asentí. Tomé el teléfono y abrí la aplicación mientras Kit tecleaba algo.

Estás preciosa.

Yo lo miré tras leer el mensaje. Él sonrió, arqueó una ceja y volvió a escribir.

Cualquiera diría que este es tu lugar.

A mí se me cerró la garganta de la emoción. Lo miré fijamente a los ojos.

–Me siento preciosa y creo que podría acostumbrarme a la sensación. Eso es lo que me da miedo –admití.

Él dejó el teléfono y se acercó mientras se quitaba la toalla. De repente, volvíamos a estar tumbados el uno al lado del otro, con nuestros cuerpos pegados.

Kit me dijo que jamás se cansaría de mí y, por un instante, mientras nos besábamos y nos tocábamos, pensé que era posible que Kit Walker también se estuviese enamorando de mí.

Capítulo Diecinueve

A pesar de mi emoción y de que no era capaz de pasar ni un par de minutos sin pensar en él, no tuve noticias de Kit durante el resto de la semana.

Lo había visto en el trabajo, pero solo durante las reuniones.

En la del viernes, lo sorprendí mirándome con el ceño fruncido, pero no hizo ademán de tocarme. Ni me sonrió. ¿Qué le pasaba?

Al terminar la reunión, Ben me pidió que fuese con Angela, con Tim y con él a tomar algo, y Kit levantó la vista un instante.

Yo le dije a Ben que no podía.

Este se marchó con gesto de disgusto y Kit sonrió. Aquello me enfadó y deseé darle una bofetada. No obstante, de camino a casa me alegré de que la semana se hubiese terminado.

No sabía si Kit ya se había aburrido de mí y eso me ponía furiosa. Estaba dolida, pero tenía que haberlo visto venir.

El lunes escogí cuidadosamente mi ropa para estar perfecta. Quería mirar a Kit a los ojos y averiguar alguna pista de lo que había ocurrido con nosotros.

Supe que algo iba mal nada más llegar a la oficina.

Todo el mundo parecía nervioso y aquello me puso nerviosa a mí también, aunque, en mi caso, era normal, ya que me había acostado con el jefe.

Y él llevaba una semana sin dirigirse a mí.

Llamaron a la puerta de mi despacho, era Angela, pero no sonreía, como era habitual en ella, y parecía tensa. Yo fruncí el ceño y la hice pasar.

–¿Va todo bien?

Ella no respondió, cerró la puerta y me dijo:

–El jefe quiere verte.

–De acuerdo.

–Parece... molesto.

Yo sacudí la cabeza, confundida.

–Dime, ¿por qué está el ambiente tan raro?

–No lo sé. Tal vez porque... tú estás tensa, y Ben también, y Kit –me respondió Angela, sentándose en una silla enfrente de mí–. Yo solo me he encontrado a Kit en el ascensor y me ha dicho que te hiciese ir inmediatamente a su despacho.

–¿Y por qué piensas que está enfadado?

–No lo sé. Está... raro. No es el Kit desenfadado y tranquilo que nos cae bien a todos.

Yo cerré el ordenador con manos temblorosas.

–Gracias, Angela, ahora voy.

Las cosas se pusieron todavía peor cuando salí del despacho y vi a Alastair caminando hacia mí.

Se me hizo un nudo en el estómago. Su presencia no podía presagiar nada bueno.

Estaba paranoica de repente. Casi no podía ni mirarlo a los ojos.

–Alexandra. ¿Podemos hablar?

–Sí, Alastair, por supuesto. ¿Dónde quieres que hablemos? Kit quería verme también…

Seguí a Alastair en dirección a los ascensores.

–El despacho de Kit está bien.

Yo asentí con nerviosismo mientras lo seguía y llegamos a la planta que ocupaba la dirección.

Alastair llamó a la puerta y entró.

Kit levantó la vista del ordenador, sorprendido al ver a su padre, su gesto era de frustración.

–¿Papá?

Kit me miró a mí como si no comprendiese qué hacíamos los dos allí.

–Hola, Alex –me saludó en tono profesional.

Allí no había ni rastro del hombre que me había abrazado y besado una semana antes.

–Kit, querías verme… –le dije tras aclararme la garganta.

–Por supuesto. Enséñaselo –le pidió Alastair a Kit.

Luego se sentó frente a la mesa de conferencias mientras Kit esperaba a que yo me acercase a su escritorio.

–¿Qué ocurre? –le pregunté en voz muy baja para que solo me oyese él.

–Tanto mi padre como yo hemos recibido este correo electrónico –me susurró él, haciéndome un gesto para que me acercase más.

Di un grito ahogado al ver la imagen aparecer. Éramos Kit y yo junto a la piscina, desnudos.

Me ruboricé. ¿Cuántas personas habrían visto aquello?

–Lo siento. No sé quién la ha podido enviar –me dijo Kit.

Yo volví a mirar la fotografía y leí el mensaje del correo, que rezaba: *¿Desesperada por conseguir una promoción?*

Me sentí humillada y me aparté del ordenador. No quería marcharme de Cupid's Arrow. Era mi casa, pero no sabía qué iba a hacer después de aquello.

Entonces me di cuenta de que Alastair me estaba observando y pensé que me iba a despedir.

Porque me merecía que me despidiese.

–No… no puedo creerlo. ¿Quién ha podido hacer esa fotografía?

Kit se estaba acercando a la mesa de conferencias y yo lo seguí, temblando.

–Venid aquí los dos –dijo Alastair, golpeando la mesa con los nudillos.

Kit tenía la mandíbula apretada. Yo estaba a punto de vomitar.

Intenté respirar y controlarme.

Kit se sentó en la cabecera de la mesa y yo a su izquierda, justo enfrente de Alastair. Que siempre me había adorado. Hasta entonces…

–No puedes dirigir esta empresa –le dijo Alastair a Kit sin más preámbulos–. Y dado que esta joven se ha acostado contigo, tampoco ha podido informarme con sinceridad de tus avances… Esperaba más de ti, Alex.

–Alastair… –empecé.

–Ha sido culpa mía. Yo la seduje.

Tanto Alastair como yo miramos a Kit.

–No me dejaba ni respirar –añadió este–. Así que decidí seducirla para quitármela de encima.

Yo no pude creer lo que estaba oyendo.

Parpadeé, sentí que me picaban los ojos.

–Ha sido todo culpa mía –repitió Kit, dirigiéndose a su padre–. Alex no ha hecho nada malo. Su único error ha sido confiar en mí y permitir que me aprovechase de ella.

–Eso no es verdad –intervine en tono firme–. No te has aprovechado de mí. Kit, ¿cómo puedes decir eso?

Alastair se quedó pensativo. Kit miró a su padre, esperando una decisión, y yo sentí que me ardían las mejillas.

–Todo ha sido culpa mía, Alastair –murmuré, sacudiendo la cabeza–. Dimito. No quiero manchar la reputación de Cupid's Arrow, ni la vuestra…

–Tú no vas a ir a ninguna parte –me dijo Kit.

–Por supuesto que no –repitió Alastair.

Su teléfono acababa de sonar.

–Dime.

Miré Kit a los ojos, su mirada era indescifrable. Yo me sentía tan dolida que no quería ni hablar por miedo a ponerme a llorar allí mismo.

Alastair escuchó lo que le decían desde el otro lado de la línea y yo busqué las palabras adecuadas para dirigirme a Kit.

–Estás intentando asumir la culpa –le dijo–, pero no voy a permitir que lo hagas.

–Claro que sí –replicó él.

Alastair colgó el teléfono.

–Era mi hombre de seguridad. Le he pedido que

rastrease el correo electrónico. Ha sido muy sencillo. El remitente es Ben Roberts.

–¿Ben? –repetí con incredulidad.

Entonces recordé que me había oído quedar con Kit.

Completamente impactada por la noticia, sacudí la cabeza.

–Ben es mi amigo. Jamás me haría algo así.

–¿Estás segura? –me preguntó Kit, cruzándose de brazos.

–¡Es mi amigo! –insistí.

Kit frunció el ceño.

–¿No lo habrás planeado tú todo, Alex? Para echarme de la empresa.

–¿Qué? Kit, yo jamás…

Él me miró muy enfadado.

–No dejas de defenderlo, de encubrirlo. Siempre está cerca de ti…

Alastair nos observó en silencio.

–Tú no querías que mi hijo estuviese aquí, ¿verdad?

–Alastair…

–Acepto tu dimisión. Dásela a Kit mañana mismo.

Alastair se puso en pie y yo me quedé donde estaba, incapaz de moverme.

–Kit, he confiado en ti y me has traicionado –continuó diciéndole a su hijo–. Voy a volver a mi despacho para observarte de cerca y decidiré si puedes estar al frente de Cupid's Arrow o no. ¿Te queda claro?

–Como el agua –respondió Kit.

Este siguió mirándome a los ojos mientras Alastair salía del despacho.

A mí me ardían los ojos y tenía el corazón completamente roto. Pensé que no podría andar, pero estaba deseando salir de allí. Me puse en pie lentamente y me dirigí a la puerta.

–Mírame –me dijo Kit.

Capítulo Veinte

Me quedé helada. Me giré lentamente y me encontré con la mirada dolida de Kit.

Me mordí el labio e intenté respirar.

«¡Explícate, Alex!», pensé.

–Te prometo, Kit –le dije por fin–, que yo no tengo nada que ver con esto. ¿De verdad piensas que quería que me humillasen así? ¿Delante de tu padre, al que admiro y respeto? Delante de ti, con quien solo quería…

Respiré hondo para tranquilizarme y no seguir hablando sin pensar, pero Kit me estaba mirando como si mirase a una desconocida, y eso me dolió todavía más.

–Has estado contra mí desde el principio –me respondió él–. No me querías aquí. Y, al aparecer en la fotografía, nadie sospecharía de ti.

–Yo jamás le haría algo tan horrible a nadie. Jamás. Mucho menos a ti, ni a mí. Es cierto que al principio no me gustaste, pensé que eras un vago, que no sabías lo que era trabajar, que no eras más que un mujeriego. Y supongo que tenía razón, porque has jugado conmigo, Kit Walker, se lo has dicho a tu padre…

–Solo quería cargar con la culpa y dejarte libre a ti. No quería que Alastair te despidiese. Sin embargo, tú sí tenías esos planes para mí.

Yo di un grito ahogado.

–Entonces, ¿le has mentido a tu padre? ¿En realidad sí significo algo para ti? ¿De verdad? ¡Y eso que ni siquiera me conoces ni sabes lo que siento en realidad!

Me giré para marcharme, pero Kit me bloqueó el paso.

–No sé cuáles son tus sentimientos, Alex, pero sé que has sido la que más se ha enfrentado a mí aquí.

–¿Por qué no me has llamado? –le pregunté, olvidándome de la fotografía por un instante.

–No quería hablar contigo por teléfono… quería verte y estar contigo, pero después del correo…

–Sé que has querido defenderme delante de tu padre, pero, en cierto modo, tengo la sensación de que lo que querías en realidad era controlarme, y sabías muy bien cómo hacerlo –lo acusé–. Te traeré mi carta de dimisión mañana.

Después salí del despacho de Kit, a pesar de saber que me había enamorado por primera vez.

Y entonces decidí que no me volvería a ocurrir.

Al día siguiente, recogí mi escritorio y entré en mi ordenador por última vez. Todo el mundo estaba muy sorprendido con la noticia de mi dimisión. Me habían preguntado el motivo y yo les había mentido diciendo que quería buscar otras oportunidades.

Aunque todos sabían que era mentira. En especial, Ellie.

Pero yo tenía el corazón tan roto que ni siquiera quería hablar de ello.

En un determinado momento, le susurré a mi amiga:

–Por favor, deja de preguntar. Ya sabes que es por Kit.

–Sientes algo por él –me respondió en voz baja.

Yo asentí, no hizo falta más.

A la hora de la comida, fui a buscar a Kit.

Deseé poder decirle lo que sentía en realidad. Deseé tener el valor de decirle que estaba enamorada de él y que jamás habría podido hacerle algo así al hombre al que amaba.

Pero él no había tenido una aventura conmigo en busca de amor, así que yo tampoco sería sincera y, con un poco de suerte, tras un par de años sin verlo, conseguiría superar aquel dolor.

Aunque lo cierto era que Kit Walker me había abierto los ojos.

Aquella noche de las rosas, había pensado que jamás podría volver a sentirme tan viva y me había dado cuenta de que el trabajo no lo era todo.

Pero en esos momentos mi vida se había venido abajo.

Cuando llegué delante de su puerta el despacho estaba en completo silencio. Llamé a la puerta.

–Adelante –me dijo Kit en voz baja.

Al entrar, levantó la vista de unos papeles y vi su atractivo rostro, tal vez, por última vez. Puso gesto de sorpresa al ver que era yo.

–Perdona que venga sin avisar, pero ya he recogido mis cosas y quería darte esto.

Kit estaba inmóvil, con un montón de papeles que había estado leyendo en la mano.

–Siéntate, siéntate –me dijo.

Y yo me senté y entrelacé los dedos sobre el regazo.

–¿Cómo estás? –me preguntó.

Yo tragué saliva, pero no me sirvió de nada.

–No muy bien, ya lo sabes. Solo quiero terminar con esto cuanto antes –le respondí–. Prometí a tu padre que te ayudaría a encontrar tu sitio en la empresa. Lo he hecho lo mejor que he podido, pero he permitido que los sentimientos se interpongan en el camino… y lo he traicionado. Sé que piensas que también te he traicionado a ti, pero quiero que sepas que no es cierto.

Kit guardó silencio.

Yo levanté la cabeza y nuestras miradas se cruzaron durante casi un minuto.

–Ayer hablé con Ben. Dame un día más, Alex, no dimitas todavía.

–¿Qué quieres decir?

–Te estoy pidiendo que no dimitas, que me des un día más.

–¿Por qué? –le pregunté, confundida.

–Dame tiempo –me pidió–. Quiero demostrar a mi padre, y a mí mismo, que eres inocente.

Yo negué con la cabeza. ¿Qué más daba eso? Ya nada sería lo mismo.

–No puedo seguir aquí –le dije–. Me refiero… a que ya he llegado adonde iba en la empresa. Tengo que marcharme. Espero que me perdones por los problemas que te he causado.

Kit apretó la mandíbula.

–Te perdono. Si ya no eres feliz aquí… entonces

debes marcharte. Sé que la situación ha sido complicada desde que yo llegué. Sé que ayer fue un día muy duro. Pero la empresa te echará de menos.

Volvió a mirarme a los ojos y añadió:

–Yo te echaré de menos.

A mí se me aceleró el corazón.

–Y yo a ti también.

Kit tragó saliva y me di cuenta de que estaba conteniendo la emoción. Cambió de postura en su sillón.

–Debes hacer lo que pienses que te conviene más, pero necesito saber si desactivaste las notificaciones de la aplicación.

Yo fruncí el ceño, confundida.

–La aplicación beta. He estado mandándote mensajes.

–Ah. Es que en realidad nunca las activé cuando me la descargué.

Kit asintió, respiró hondo.

–Te dejo marchar, pero antes prométeme que mirarás tu buzón.

Yo no comprendí por qué me pedía aquello, pero asentí antes de levantarme. Le ofrecí la mano y él se puso en pie y la tomó con cuidado. Tuve que apretar los labios con fuerza para no llorar.

–Ha sido un placer trabajar contigo –me dijo.

Asentí y aparté la mano.

–Lo mismo digo.

Capítulo Veintiuno

Aquella noche eché de menos a mi hermana más que nunca. Había dejado de llamarla desde que había empezado mi aventura con Kit, pero le mandé un mensaje de texto.

Espero que estés bien. Te echo de menos.

Ella no tardó en responder: *¡Sí!*

Y enseguida me llamó.

—¿Qué haces que no estás por ahí, divirtiéndote? —le pregunté.

Ella resopló.

—¿Y me lo dices tú, que te pasas el día trabajando?

—Es cierto, aunque últimamente me he dado cuenta de que hay más cosas en la vida.

—¿Como cuáles?

Yo me encogí de hombros.

—Como tú, por ejemplo. Deberíamos llamarnos más.

—Si siempre estamos en contacto. ¿Qué te pasa? ¿Dónde está mi hermana y qué has hecho con ella?

Yo sonreí.

—¿Va todo bien en el trabajo, Alex? —me preguntó.

—Lo cierto es que no. Ha ocurrido algo terrible en la oficina y ha sido culpa mía. He hecho algo que jamás pensé que haría.

–¿El qué? –me preguntó Helena.

Yo tardé unos segundos en contestar. Era mi hermana y siempre habíamos confiado la una en la otra.

–Me he acostado con el jefe.

–¿Con Alastair?

Yo me eché a reír.

–¡No! Con su hijo, Kit Walker. Pero alguien de la oficina ha filtrado una fotografía en la que estamos juntos y… ha sido horrible. Y Kit ha pensado que lo había hecho yo para echarlo de la empresa.

–¿Por qué ibas a querer tú hacer algo así?

–Porque fui muy crítica con él cuando llegó.

–Oh, Alex…

–Ya se ha terminado todo.

–Pero no te has acostado con el jefe, Alex, sino que te has enamorado de él. Son dos cosas muy distintas.

–Tienes razón. He hecho ambas y no sé cuál es peor.

–Las dos –admitió mi hermana. ¿Qué puedo hacer para animarte?

–Nada. Solo con oír tu voz ya me siento mejor. Eso sí, quiero que seas feliz. Si tú eres feliz, yo soy feliz.

–Pero eso no vale. Tú tienes que ser feliz también por ti misma, Alex.

–No puedo. Lo he estropeado todo con Kit. Y he dimitido en el trabajo, Helena.

Mi hermana dio un grito ahogado.

–¡No te preocupes! –la tranquilicé–. Seguiré pagándote la universidad. Voy a empezar a hacer entrevistas…

–Si no puedes pagarla no pasa nada, Alex, estaré bien. No quiero ser una carga para ti.

–No lo eres. Ya sabes que tú y yo seremos siempre una.

–Sí –respondió Helena en tono serio–. Encontrarás trabajo, Alex. Eres un genio y la empresa que te contrate tendrá mucha suerte de tenerte. Lo mismo que el hombre que se enamore de ti.

–Kit no piensa igual –murmuré.

–Te quiero, Alex. Muchas gracias por todo lo que haces por mí –me dijo Helena para hacerme sentir mejor–. No pienses que no lo valoro. Te prometo que algún día te compensaré.

–Ver cómo alcanzas el éxito será mi recompensa, Helena. No te preocupes por mí. Ya te iré contando cómo van las entrevistas. Te quiero.

Sonreí y colgué el teléfono. Después me tumbé en la cama y me pregunté qué lamentaba más, si haber dimitido o haber abierto mi corazón.

Había pasado una semana desde mi dimisión y todavía seguía sintiéndome fatal, encerrada en casa, sola y deprimida, echando de menos a Helena más que nunca. Todavía no me sentía con fuerzas de buscar trabajo.

Incluso echaba de menos a mis padres y una relación que nunca habíamos tenido.

Y echaba de menos a Kit.

Mis compañeros se habían puesto tristes al verme marchar. Alguno, como Ellie, incluso había llorado. Y, al parecer, Ben había estado varios días sin ir a trabajar.

El sábado por la mañana intenté pensar en lo que podía hacer durante el fin de semana. No me interesaba nada en la televisión, no me apetecía leer, así que me di un baño, pero tampoco conseguí relajarme.

La tarde se me hizo interminable. Estaba nerviosa y no podía dejar de pensar en Kit.

Entonces recordé lo que me había dicho de los mensajes de la aplicación y busqué el teléfono, a pesar de no estar segura de si quería leerlos o no.

Abrí la aplicación. Ya estaba el diseño nuevo y era fantástico.

Entré en mi perfil con curiosidad y vi que tenía al menos una docena de mensajes. De Kit.

Capítulo Veintidós

En realidad, los mensajes eran más de veinte. Abrí el primero.

Alex, solo quiero que sepas que he disfrutado mucho de las dos últimas noches. Espero que tú también.

Lo cerré. Kit lo había escrito después del fin de semana que habíamos pasado juntos. Cerré el mensaje y abrí el siguiente.

¿Qué haces esta noche? Me encantaría volver a cenar contigo.

Se me hizo un nudo en el estómago. Miré la fecha, era del miércoles, después de que hubiésemos estado en su casa, en la piscina, el día anterior. Lo que significaba que Kit no había estado evitándome. Me había estado mandando mensajes, pero yo no los había visto.

Acabas de marcharte del trabajo. No sé qué pensar de lo ocurrido con Ben. No puedo más.

El teléfono vibró en mi mano, acababa de llegar un mensaje algo más largo.

Ben ha admitido que ha actuado él solo. Ha querido hacernos daño a los dos. Tu carta de dimisión sigue encima de la mesa, quiero romperla. Quiero que vuelvas, al trabajo, y conmigo.

Por favor, quiero verte esta noche, donde tú quieras. Necesito hablar contigo en persona.

Leí el resto con lágrimas en los ojos. Aquello no era lo que había esperado.

Me limpié los ojos. Había prometido leerlos todos, así que tenía que hacerlo.

Me prometiste que ibas a leer mis mensajes. ¿Los estás leyendo? Me tienes en ascuas, Alex. Por favor, necesito verte para decirte en persona lo que esto significa para mí. Lo que tú significas para mí.

Leí aquel último mensaje, pero no tuve valor para responder. Me sentía esperanzada, pero tenía demasiado miedo.

Aquella misma tarde, Ellie vino a verme y a sacarme de casa. Estábamos paseando por Miracle Mile cuando me dijo:

–Está completamente perdido sin ti.

Yo la miré a los ojos.

–Kit –me aclaró–. ¿Seguro que no vas a volver? Yo tengo la sensación de que él no quería que te marchases.

–Ha sido todo un lío, Ellie. Hay una fotografía… en la que estamos juntos. Se la enviaron a Kit y a Alastair y Kit pensó que yo estaba detrás, que pretendía echarlo de la empresa. Y Alastair… A Alastair lo he traicionado.

–Hay mucha tensión entre ambos en el trabajo, pero me parece que ninguno de los dos quería perderte. ¿Por qué no me has contado todo esto antes?

–Porque no podía. Sobre todo, sabiendo que fue Ben quien mandó la foto.

–¡Ben! ¡Por eso lo despidieron ayer! Lo acompañó a la calle un guardia de seguridad.

–Me lo puedo imaginar.

–Estuvo un buen rato en el despacho de Kit –me contó Ellie.

Seguimos paseando y mirando escaparates, y un rato después se detuvo a nuestro lado un Range Rover blanco que enseguida reconocí. Lo había visto aparcado delante de la casa de Kit.

El corazón me dio un vuelco.

Quise correr hacia él y besar a Kit. Y golpearlo en el pecho por el daño que me había hecho. Pero, sobre todo, quería que me mirase con una sonrisa en los labios.

–Ellie –saludó él, con la mirada puesta en mí.

–Hola, Kit.

–Estábamos viendo escaparates, buscando trajes para mis próximas entrevistas –le dije yo–. Espero que estés bien, Kit. Me alegro de verte.

Y eché a andar.

Él me agarró del brazo.

–Alex, no te marches. Mírame –me pidió.

Yo tomé aire y levanté la vista a su garganta, a sus labios, a su nariz perfecta. Y lo miré a los ojos.

–¿Has visto mis mensajes? –me preguntó esperanzado.

–Sí –le respondí, intentando zafarme.

–¿Y?

–Que es demasiado tarde –le dije, dándome la vuelta.

–Te amo, señorita Croft –me dijo él.

145

Y sus palabras resonaron en mi cabeza y en mi corazón. Sentí ganas de reír al oír que me llamaba señorita Croft, tal y como yo le había pedido el día que nos habíamos conocido.

–¿O prefieres que te llame Alexandra?

Me giré y lo vi sonreír.

–Te amo, Alexandra Croft. A pesar de haber querido que nuestra relación fuese estrictamente profesional. A pesar de haber pensado que me habías traicionado. A pesar de tener miedo porque lo que siento por ti es demasiado fuerte. Te amo. Y no sabes cuánto siento haberme equivocado. Nunca había deseado, respetado, admirado y necesitado a una mujer tanto como a ti.

Sus palabras rompieron todas mis barreras y no pude seguir fingiendo que no sentía lo mismo que él.

Nos miramos fijamente y a mí se me escapó una lágrima que corrió por mi mejilla.

–Os voy a dejar solos –murmuró Ellie.

Y yo pensé que ambos nos habíamos olvidado de que estaba allí.

Asentimos sin dejar de mirarnos.

–Me has hecho daño –susurré.

–Y tú a mí –admitió él.

–No me refiero al correo electrónico, sino a tu rechazo.

–Todavía no podía comprender lo que sentía por ti, Alex –me explicó él a modo de disculpa.

–Convertiste mi vida en un verdadero caos, Kit.

–Lo sé. Y haré todo lo que sea necesario para compensarte.

Después se hizo un silencio.

Yo no podía dejar de temblar.

–Te amo, Alex –repitió él, dando un paso hacia mí–. Por favor, créeme si te digo que nunca he querido hacerte daño. Pero la idea de que Ben y tú hubieseis podido estar juntos en lo de la foto… me volvió loco. Tardé horas en conseguir que confesase que lo había hecho él porque no quería vernos juntos, Alex. Él también te quería y no lo culpo por ello, pero no puedes ser suya…

Le brillaron los ojos y respiró hondo.

–No puedes ser suya porque eres mía, señorita Croft.

A mí se me escapó otra lágrima. Esa, de felicidad.

Yo también lo amaba.

Alargué la mano y toqué sus labios. Él sonrió.

–Esos mensajes que me has mandado… –le dije–. No te he contestado por miedo a sufrir todavía más. Pero estoy enamorada de ti, Kit, y ya no hay marcha atrás. No quiero seguir viviendo sin ti.

Él tomó mis mejillas con ambas manos y me besó apasionadamente. Yo le besé como no había besado a nadie en mi vida al tiempo que lloraba de felicidad. Todo iba a ir bien. Lo nuestro podía funcionar.

Ellie nos acompañó hasta el Land Rover de Kit y me dijo que me llamaría después.

De camino a su casa, Kit me agarró la mano y me dijo:

–Tenemos que contárselo a Alastair. Tenemos que decirle que queremos volver a trabajar juntos. Que nos

dé otra oportunidad. Si me perdona por haberlo traicionado…

–Mi padre sabe que no conspiraste con Ben. Y que
en el trabajo siempre nos comportamos de manera profesional. Quiere que vuelvas, Alex. Y yo también quiero que vuelvas. Al trabajo y a mi vida –me dijo Kit,
mirándome un instante–. No huyas, Alex.

Yo me mordí el labio y asentí.

Una vez en su casa, nos sentamos en el salón.

–Ven aquí –me dijo Kit, sentándome en su regazo–. Me estás volviendo loco. Te he echado de menos.
¿Cómo es posible, si no hace ni un año que te conozco?

–Lo mismo me pregunto yo.

Kit se echó a reír y todo su rostro se iluminó.

Yo sentí que los ojos se me llenaban de lágrimas,
me incliné hacia él y le di un beso en los labios.

–Kit…

Él frotó su nariz contra la mía.

–¿Sí?

–Vamos a intentar no estropearlo.

Eso le hizo reír. Me separó las rodillas para que me
sentase a horcajadas sobre él. Nos besamos y, por un
momento, yo me olvidé de todo lo ocurrido.

–Ven –me dijo, tomándome en brazos.

Me llevó a su cama y me dejó en ella con cuidado.

Kit me amaba y yo a él.

Me deseaba y yo a él.

Y, por una vez en la vida, ya no tenía miedo.

–¿Dónde quieres que te acaricie? –me preguntó.

–Por todas partes –le dije.

Dejó escapar una carcajada y cubrió mi rostro de besos mientras bajaba la mano a mi muslo.

Yo me quité los pantalones vaqueros y él empezó a desnudarse también.

Luego volvimos a besarnos, ya piel con piel, completamente fuera de control.

Nunca me había sentido tan bien como cuando me penetró.

Movió las caderas cada vez más deprisa, me agarró del pelo.

–Kit… –gemí yo, echando la cabeza hacia atrás.

Él aceleró el ritmo todavía más mientras nuestros cuerpos se movían a la vez.

Grité su nombre y lo abracé con fuerza.

Después, nos quedamos abrazados.

No podía sentirme más viva.

–Te amo, Alexandra Croft –me susurró al oído.

Yo lo miré a los ojos y, con todo mi corazón, le respondí:

–Y yo a ti, Kit Walker.

Capítulo Veintitrés

–¿Estás seguro de que podemos pasar por su casa así, sin más? ¿Un domingo?

–Estoy seguro. Ya le he llamado para avisar de que veníamos.

La noche siguiente, estaba nerviosa de camino a casa de Alastair. No me importaba no volver a Cupid's Arrow, pero necesitaba que Alastair me perdonase. Que nos perdonase a Kit y a mí.

–Todo va a ir bien –me dijo Kit, tocándome la mano.

Yo me obligué a sonreír.

–Sí, pero deja que sea yo la primera en hablar –le pedí–. Necesito darle una explicación. Y no me tomes la mano ni nada así, no quiero sonrojarme delante de tu padre.

–Relájate, Alex.

Cuando llegamos al edificio, Kit no me tomó la mano, pero sí apoyó la suya en la curva de mi espalda. Y a mí me gustó la sensación.

Al entrar, Alastair nos esperaba en el salón acompañado de otro hombre, sirviéndose una copa de vino. El otro hombre era tan guapo como Kit, pero algo mayor, y con los ojos azules en vez de marrones.

–Hola, William –lo saludó Kit.

–Hola, hermano –le dijo él sonriendo.

–Will, te presento a Alexandra Croft.

–He oído hablar mucho de ti –me dijo William.

–Espero que no te lo hayas creído todo –respondí yo sonriendo.

Él me sonrió también y los cuatro nos sentamos en los sillones.

Yo decidí ir directa al grano porque cada vez estaba más nerviosa.

–Alastair, no sabes cuánto siento todo lo que ha ocurrido. Me siento muy avergonzada. He traicionado tu confianza y jamás me perdonaré por ello. Tú me pediste que te informase acerca de Kit…

–Que me enseñases el oficio –me corrigió Kit–. Y lo hiciste muy bien.

Su hermano sonrió, parecía divertido con la situación.

Yo fulminé a Kit con la mirada y después volví a hablarle a su padre.

–Bueno, yo…

–Estoy enamorado de Alex –volvió a interrumpirme Kit, mirando a Alastair a los ojos–. Le he pedido que me dé otra oportunidad y me la va a dar.

–Sí, bueno… –balbucí yo.

William dejó escapar una carcajada y sacudió la cabeza.

–Lo de no mezclar trabajo con placer no lo has aprendido, hermano.

–Lo cierto es que ninguno de los dos planeamos enamorarnos, pero no lo hemos podido evitar –le respondió Kit, agarrándome la mano–. El caso es que

Alex dice que quiere marcharse de Cupid's Arrow, pero yo no quiero que se vaya y, además, pienso que en realidad tampoco es lo que ella quiere. Pero para que se quede necesito tu bendición, papá…

Alastair nos miró en silencio y sacudió la cabeza.

–Ambos sois muy jóvenes y tenéis mucho que aprender. Yo también fui joven… y os comprendo. Al final todo ha salido bien, pero habría podido salir mal y espero que ambos seáis conscientes de ello.

–Sí –murmuré yo.

–Ben ya no está. Te has ocupado bien de él, Kit. Y has hecho desaparecer la fotografía, pero ese asunto podía haber perjudicado mucho a la empresa.

–Lo sé, Alastair. Y siento mucho los problemas que he causado –dije yo.

Él asintió y miró a Kit.

–La empresa va bien. Tus ideas y cambios son modernos y… eso me gusta. En el futuro, no me entrometeré más. Quiero que seas el nuevo director ejecutivo de Cupid's Arrow, Kit, de verdad.

Luego me miró a mí.

–Alex, siempre me has ayudado mucho. Has sido mi arma secreta. Te he visto aprender y crecer y te quiero como a una hija… Pero los dos tenéis que tomaros las cosas en serio y separar el trabajo de vuestra vida privada, ¿entendido?

–Entendido –le respondió Kit en voz baja.

Yo me había quedado sin habla, me sentía aliviada. Quería llorar.

Alastair se puso en pie y Kit y yo lo imitamos. Nos dio un abrazo.

Mis padres nunca habían sido de muchos abrazos, pero aquel me hizo sentir perdonada, comprendida y querida... me hizo sentir parte de la familia.

–Te estaré agradecida eternamente –le dije a Alastair cuando nos separamos.

Él sacudió la cabeza.

–El sentimiento es mutuo, Alex. Y jamás soñé con que Kit y tú... pero estoy muy feliz de que se haya enamorado de ti.

Yo me eché a reír.

William levantó su copa de vino.

–Por Alex, mi hermano, y por ti. Porque tengáis éxito en la vida, en el amor y en el trabajo.

Kit sirvió dos copas más y me trajo una para que todos pudiéramos brindar.

Yo pensé en todo lo que quería compartir con él y Kit me tomó la mano que tenía libre y me la apretó cariñosamente.

Epílogo

Después de doce meses durmiendo todas las noches entre sus brazos, todavía no me había acostumbrado a la sensación.

Suspiré feliz y cambié de postura.

Kit todavía estaba dormido.

Era domingo por la mañana, pero aún no había salido el sol.

A mí siempre me había gustado levantarme temprano, siempre me habían gustado la paz y la tranquilidad de las primeras horas del día y, en esos momentos, además, tenía con quién compartirlas.

Me acurruqué contra Kit, que me dio un beso.

–Buenos días, señorita Croft. Hueles muy bien –murmuró–. ¿Quieres que te prepare el desayuno?

–Unas tortitas no estarían mal –le respondí.

Él me dio un beso en los labios.

–Eso está hecho.

Tomé mi teléfono de la mesita de noche y entonces entró un mensaje a través de la aplicación de Cupid's Arrow: *Ven a desayunar, señorita Croft.*

Yo sonreí confundida, me puse la bata y fui a la cocina. Justo delante de la puerta de la habitación había una rosa negra y una nota que decía: *Sigue los pétalos hasta la siguiente rosa.*

Y yo obedecí, nerviosa. En el salón había otra rosa negra encima de un vestido rosa muy claro. Y otra nota: *Póntelo. Y no olvides los zapatos.*

Me giré y vi unas bailarinas del mismo color del vestido. Me lo llevé todo al cuarto de baño y me vestí allí. Después, seguí el camino de pétalos negros hasta la cocina, que estaba vacía.

En la encimera había otra rosa al lado de una cámara de fotos Nikon que parecía nueva.

Tráela contigo. Es posible que quieras hacer alguna fotografía.

Sin saber qué pensar, tomé la cámara y seguí los pétalos hasta el patio.

Y entonces vi la piscina completamente cubierta de pétalos blancos y negros. Y una única rosa encima de una hamaca.

Me acerqué con curiosidad y vi una pequeña flecha dorada al lado. Y una nota que solo decía: *Me ha dado.*

Me eché a reír y seguí otro camino de pétalos que avanzaba por el jardín. Y por fin vi a Kit.

Habían puesto un cenador que estaba lleno de flores y él estaba debajo.

Me quedé sin habla.

En el centro había una mesa llena de dulces, tortitas y platos con fruta.

Me acerqué con un nudo en la garganta y me di cuenta de que Kit parecía nervioso.

–Hola –murmuré al llegar a su lado.

–Hola –respondió él–. Me has encontrado.

Yo me eché a reír y asentí.

–Sí, gracias a las pistas.

Él me miró, emocionado.

–Desde el momento en el que te vi, supe que me ibas a cambiar la vida. Cuando me miraste a los ojos supe que esos ojos eran míos. No hizo falta mucho más para que me enamorase perdidamente de ti. Y lo que sentí entonces no es ni la sombra de lo que siento ahora, Alex. No quiero vivir jamás sin ti. ¿Quieres casarte conmigo?

Me tendió un ramo de rosas negras que llevaban un lazo al que había atado un anillo dorado.

–Sí, sí quiero –le contesté.

Él sacó el anillo del lazo y me lo puso.

Me quedaba perfecto.

Lo abracé y él me abrazó a mí y cubrió mi cuello y mi rostro de besos.

–Te amo, Kit –le susurré al oído.

Él me apretó todavía con más fuerza y me dijo que me amaba también.

Yo cerré los ojos y di las gracias en silencio porque jamás había esperado que ocurriese aquel milagro. Le di gracias al universo, al amor y a la vida. Gracias por aquel hombre y por aquel amor. Eran los mayores regalos que podría recibir jamás.

Acepte 2 de nuestras mejores novelas de amor GRATIS

¡Y reciba un regalo sorpresa!

Bianca

Seducida por placer...
Reclamada por su hijo

CELOS DESATADOS

Chantelle Shaw

Sienna sabía que era un error asistir a la boda de su exmarido, pero sentía curiosidad por ver a la novia por la que Nico la había sustituido. ¡Pero el novio no era Nico!

Avergonzada, Sienna intentó huir, pero no consiguió escapar de la iglesia lo bastante deprisa. Cuando Nico le dio alcance, la ardiente pasión que los había consumido en el pasado se reavivó con igual intensidad, y Sienna acabó pasando una última noche en la cama de Nico...

¡Una noche que la dejó embarazada del italiano!

DESEO

*¿Esa segunda oportunidad al amor
sería la definitiva?*

Otra oportunidad al amor

ANNA DePALO

La profesora Marisa Danieli necesitaba un personaje famoso que encabezara la recaudación de fondos para construir un gimnasio en su escuela. Su mejor opción era Cole Serenghetti, un conocido exjugador de hockey que se había convertido en el consejero delegado de la empresa de construcción de su familia. Ella había tenido una desastrosa relación romántica con Cole en la escuela secundaria, pero los negocios eran los negocios. Hasta que ese negocio los llevó a fingir que eran pareja. Pero ahora los sentimientos eran apasionados, y la situación, aún peor, porque el exprometido de Marisa salía con la exnovia de Cole.